Bibliografische Information der Deutschen Nationalbibliothek:
Die Deutsche Nationalbibliothek verzeichnet diese Publikation in der Deutschen Nationalbibliografie; detaillierte bibliografische Daten sind im Internet über http://dnb.dnb.de abrufbar.

© 2016 **Frida Wenzel** *Bild und Text*
Herstellung und Verlag:
BoD – Books on Demand, Norderstedt

ISBN: 978-3-741290541

Frida Wenzel

Zum Teufel mit den Konventionen

Eine Rebellin im Vorwärtsgang

Roman

Danke an alle, die mir geholfen haben, dieses Buch zu verwirklichen.
Tiefsten Dank an meinen Mann Michael, der immer sagte: „*Das Buch musst du verlegen!*"
Er hat mir geholfen, das Buch zu verbessern, und gab mir viel Glauben an mich als Autorin.
Danke an alle Freunde, die das Buch gelesen und mir wertvolle Tipps und Ratschläge zum besseren
Verständnis gegeben haben.

Danke an das Universum für alles und dass Du dieses Buch nun in den Händen hältst.

Danke, danke, danke.

Inhaltsverzeichnis

1. Kapitel - Auf dem Weg 10

2. Kapitel - „Wo ist Chefe" 24

3. Kapitel - Die Geschäftsführerin 28

4. Kapitel - Hundebaby 50

5. Kapitel - Der Kauf 61

6. Kapitel - Die Renovierung 67

7. Kapitel - Singlestatus 79

8. Kapitel - Dänemark 96

9. Kapitel - Eigener „Chefe" 137

Einleitung:

Ich möchte ausdrücklich betonen, dass ich keine Ausländerfeindin oder Rassistin, keine Feministin, keine Hausfrau und keine Männerhasserin bin.
Ich bin aber auch keine super freundliche, hysterische oder hilfsbedürftige Frau.

Ich mag außerdem keine Gigolos, Weicheier, Machos, Businesstypen, PC-Freaks, KFZ-Freaks und Fußballer.
Dasselbe gilt auch für Menschen bestimmter Aufenthaltsorte mit diversen KFZ-Kennzeichen. Z.B.:
S - für Stuttgart – die fahren „gut"!
Es gibt auch andere Kennzeichen wie z.B.: A….., da bin ich mir gar nicht sicher :-).

Es gibt in meinem Freundeskreis mehr als genug Menschen, die aus anderen Ländern und Kontinenten kommen. Ich kenne und schätze sie alle sehr.
Manche dieser Menschen sind klein, manche groß, manche dick oder dünn, einige sind hübsch oder sogar schön.

Alle Namen sind selbstverständlich frei erfunden, um dem Datenschutz gerecht zu werden.
Danke für Ihr Verständnis.

Ebenfalls danke ich allen, die mir mehr oder weniger freiwillig als Vorlage für diese Kurzgeschichte gedient haben.

Da ich Schwäbin bin, kann ich alles, nur kein Hochdeutsch ...

Schwäbisch sollte man auch sprachlich nicht ganz so ernst nehme. :-)

Ich tue´s zumindest nicht!
Sorry, liebe Schwaben!

Nun viel Spaß beim Lesen ...

1. Kapitel

Auf dem Weg zum „Chefe"

Meine Geschichte beginnt an einem frostigen Februartag am Ende des 20. Jahrhunderts. An diesem Tag erblickte ich das Licht dieser Welt.

Meine Eltern, Isolde und Gustl, meine Geschwister Susi, Lisbeth und auch Leo, teilten von nun an unser Zuhause in einer mittelgroßen Stadt in Süddeutschland.

Als ich an diesem verregneten, frostigen Februarmorgen auf die Welt kam, war niemand zu Hause.

Hätte ich nach meiner Geburt sofort laufen und lesen können, wäre mir der Zettel auf dem Tisch ins Auge gefallen: „Das Essen steht auf dem Herd".

„Klasse", hätte ich dann gedacht, „da haste ja sauber daneben gelangt, das kann ja noch heiter werden!"

Ich weiß nicht, ob es damals tatsächlich so gewesen ist, aber ich stelle es mir so vor.

Wissen tue ich es nicht!

Oder könnt Ihr Euch an euren Geburtstag zurück erinnern?

Aber in diesem Augenblick reifte wahrscheinlich schon der Gedanke heran, dass sich da was grundlegend ändern müsste.

Schließlich war ich ja einzigartig (wie alle Menschen) und hatte im Bauch meiner Mutter über viele Schwangerschaftsmonate hinweg gelernt, dass ich mich um nichts zu kümmern brauchte.

Warum sollte sich das denn jetzt um Gottes Willen ändern???

Ich war ein klassisches Nesthäkchen. Das hörte sich ja prinzipiell ja sehr gut an, aber ...

Da meine Eltern beide berufstätig und sehr beschäftigt waren (klar ein Haufen Kinder groß zu ziehen, ist eine Menge Arbeit), mussten meine Geschwister deshalb oft Kindermädchen spielen. Somit war klar, dass ich in der Beliebtheitsskala meiner Geschwister nicht unbedingt ganz oben stand.

Ich störte meine Geschwister eigentlich nur.

Wenn Sie auf Tour gehen wollten mit ihren Freunden, mussten Sie mich mitnehmen!

Wenn Sie ihre Ruhe von der Arbeit und dem Stress haben wollten, hatten sie mich an der Backe!

Oh je ... das war keine gute Voraussetzung für eine tolle Geschwistergeschichte. Na ja……

So vergingen die ersten Jahre ...

Nicht ganz ohne Probleme, aber im Großen und Ganzen ging das alles in Ordnung.

Ich war eben das Einzelkind in einer Großfamilie. Das bedeutet sich ständig durchsetzen, wenn man etwas wollte und natürlich auch immer das Signal: „Hey, ich bin auch noch da! Ich will teilhaben am Geschehen!"

Auch der Kindergarten brachte im Grunde nichts umwerfend Neues.

Das übliche halt. Was auch immer üblich ist!

In dieser jungen Zeit fand ich auch heraus, wie das alltägliche Leben zu Hause so lief.

Es gab REGELN! Hilfe!

Meine Geschwister sollten in Abwesenheit meiner Eltern den Haushalt in Ordnung bringen und auf mich aufpassen. *Das* war eine Regelung, die mir gut gefiel.

So konnte ich mich in aller Ruhe der Beobachtung menschlichen Zusammenseins widmen.

Und das lief so:

Mein Bruder Leo war als einziger Sohn des Hauses zu einem großen Teil von häuslicher Arbeit befreit. Meine Schwestern Lisbeth und Susi teilten sich die verbleibende, also *GESAMTE* Arbeit dann sinnvoller

Weise so auf, dass sich Susi mit einem Comic-Heft auf dem Klo einschloss, bis das Schlimmste vorbei war und Lisbeth den „Rest" erledigte. *„Gar nicht so blöd"*, stellte ich fest.

Soweit, so gut, NEIN eher nicht so gut!

Warum? Weiß ich nicht!

Die nachfolgende Schulzeit fand ich eindeutig vieeeeel zu lang.

Auch das Lernen und die Inhalte der Unterrichtsfächer fand ich sehr öde und ermüdend. Ich stellte mir immer öfter die Frage, wozu das alles gut sein sollte.

Ob jetzt Karl der Große oder Friedrich „Barbarossa" früher oder später lebten, ob der Atlantik jetzt links oder rechts von Europa liegt, war doch wirklich „wurscht".

Es ist auch heute noch nicht meine Stärke zu wissen, wie und wo irgendein Land liegt. Geographie? Ätzend! Das bringt mich nicht weiter und hält mich von den wirklich wichtigen Dingen des Lebens nur unnötig ab.

Außerdem war ich voller Tatendrang und Energie. Dieses ewige Stillsitzen nervte einfach nur.

Um nicht einzuschlafen und vor Langeweile einfach umzukippen und zu sterben, stellte ich häufig einfach Fragen, die auch mal vom Thema abwichen, aber den Sinn des Lebens hinterfragten.

Wichtig war doch zu wissen, wie kann man einfach und gut Leben ohne groß zu arbeiten?

Oder wie funktioniert eine Gemeinschaft mit unterschiedlichen Menschen aus unterschiedlichen Kontinenten?

Diese Fragen wollte mir aber kein Lehrer so richtig beantworten oder sie konnten es einfach nicht!

Am liebsten aber spielte ich Fußball mit den Jungs auf dem Schulhof, was wiederum dazu führte, dass öfter mal ein blauer Brief , öfter als ich wollte, bei meiner Mutter landete. Mpfhhh.....Gott sei gedankt „nur" bei meiner Mutter! Bei meinem Vater wäre das etwas kritischer geworden.

Heute würde man mich wohl als ADHS-Kind einstufen und mich mit Medikamenten vollstopfen. Bin ich ich froh, dass ich in den 70gern geboren wurde.

Um meine ungezügelte Energie etwas besser in den Griff zu bekommen, steckten mich meine Eltern in den Sportverein. Geräteturnen war angesagt. Man versprach sich davon, dass ich etwas Disziplin und Einordnung lernte. Mir machte das ganze einfach nur einen heiden Spaß. Erste Erfolge im Verein und in den Wettkämpfen freuten mich und machten mich ein wenig, nein sogar richtig, selbstbewusst.

Süddeutsche Meisterschaften folgten. Eines Tages kamen tatsächlich Talentscouts zu uns. Ich war eine von zwei Glücklichen, die ins Turncenter in in der nächst größeren Stadt eingeladen wurden, um weiter aufgebaut zu werden. In Richtung Nationalmannschaft und so ...

Ich freute mich riesig, nein WAHNSINNIG! Etwas, was mir Spaß machte und wo ich Erfolg hatte! Das ganze bekam dann aber einen deutlichen Dämpfer, als meine Eltern „NEIN" sagten. Für mich brach eine Welt zusammen.

OH NEIN!

Ich war stinksauer, musste mich aber zähneknirschend fügen. Anordnungen zu folgen oder gar das Gefühl zu haben, nicht selbst bestimmen zu können, das war so gar nicht mein Ding.

Überhaupt gar nicht mein DING. Es brachte mich ja auch nicht dort hin, wo ich hinwollte!!

In dieser Zeit lief der Rest von der Schulzeit so nebenbei. Aber bevor das letzte Jahr in der Realschule begann, flog ich von selbiger, wegen der Vielzahl der blauen Briefe. Wieder: MPFHHH.....

Dumme blaue Briefe! Seitdem mag ich kein blaues Briefpapier mehr, bis heute!

Zurück in der Hauptschule langweilte ich mich zu Tode; das kannte ich doch schon, also warum noch dumm rumsitzen. Mal wieder etwas total

Unsinniges machen, nur weil es alle machten! Grrrrrr…

Die Zeit konnte man wesentlich besser nutzen, als dumm herumzusitzen.

So nervte ich meine Lehrer weiter …

Besonders der Religionsunterricht brachte mich oft in Rage. Wie war es nur möglich, dass Menschen einen solchen Unfug auch noch glauben konnten. Strafe, … Sünde, … mach, wie es Gott sagt, … dann kommst du in den Himmel!!! So ein Quatsch!! Jeder kommt in den Himmel! Himmel, Herr Gott nochmal! Nicht das ihr mich falsch versteht, ich glaube schon an was. So etwas wie ein Universum oder dass Gott in jedem von uns steckt. Ich glaube nur eben nicht an Gebote und Verbote!

Um nicht noch weiter negativ aufzufallen, beschloss ich dann diesen Unterricht so oft es ging zu meiden. Das war eh Zeitverschwendung! Man nennt das wohl „Schwänzen". In einem überaus „herzlichen" Gespräch mit dem Rektor wurde mir mitgeteilt, dass ich mich entweder benehmen solle oder von der Schule fliegen würde.

Nicht schon wieder! Was meine Eltern dazu wohl sagen, oh je, oh je! Also benahm ich mich halt, nicht wegen der inneren Einsicht, sondern mich der „rohen" Gewalt beugend.

Na, Gott sei gedankt, hatte ich ein Mofa. Wow... Das hatte nicht jeder. Das Mofa war eine Kreidler in Orange mit Doppelsitz, zwar eine Automatik... aber immerhin. Das brachte mich ein wenig auf andere Gedanken und verlieh mir das Gefühl der Freiheit. Selbstredend war es natürlich schon lange kein „ordentliches" Mofa mehr. Zuviel war bereits geschraubt und aufgemotzt worden von einem Schulkamerad, der Uwe hieß. Also hatte es keine drei PS mehr, sondern mehr als fünf + X (Übersetzung X: keine Ahnung). Das viel auch leider der Polizei eines Tages auf und sie nahmen die Verfolgung auf. Erst ging es die Straße lang, dann auf den Bürgersteig und dann ab in den Acker. Ich dachte, auf den Acker können sie mir mit Ihrem Polizeiauto nicht folgen!

Die „Bullen" (Übersetzung: Polizei) hatte ich zwar abgehängt, mein Rennmofa aber war arg ramponiert! Der Luftfilter verabschiedete sich auf einem umgegrabenen Stück Acker!

Wenn das Papa erfährt ...

Aus diesem Schlamassel (Übersetzung: Schwierigkeiten) half mir wieder mal mein guter „Mofaschrauber" Jörg wieder heraus und so blieb die Sache etwas im Geheimen, also unter uns. Phuuuuu........Glück gehabt.

Ja, die Schule war dann Gott sei Dank endlich zu ENDE. Abschluss geschafft und los geht es in die Freiheit, dachte ich!

Aber was sollte ich jetzt machen? Das war die große Frage.

Der Beruf der Maskenbildnerin kam mir in den Sinn, das wäre was. Ja, am Theater arbeiten und der Phantasie freien Lauf lassen!

Das kam mir komplett entgegen und ich dachte, es würde mir auch großen Spaß machen.

Kurzentschlossen informierte ich mich über den Beruf und erfuhr, dass zunächst eine Ausbildung zur Frisörin vorausgesetzt wurde. Mpffhhh. Egal.

So begann ich halt bei einem Friseur meine erste Lehre. Nicht nur bei irgendeinem Friseur, NEIN , ich begann meine Lehre bei dem angesagtesten IN-Friseur der Stadt.

Wenn schon, denn schon!

Nach kurzer Zeit des Haarefegens und Aufräumens (Phuuu, da kann man doch nichts lernen), kam mein Ausbilder zu mir und teilte mir mit, dass ich mir die Haare schneiden lassen müsste, da meine Haarpracht (lange, lockige, dauergewellte Haare) nicht den Vorstellungen von einer guten Friseurin entspräche. Phhaa... was für ein Gelaber, alle wollten solche, schöne lange, lockige Haare in den 90ern haben! Schon wieder einer, der versuchte mir vorzuschreiben, was ich tun und lassen sollte. *„Geht gar nicht"*, dachte ich mir und schmiss einfach diese blöde Friseurlehre wieder hin.

Was glaubte der eigentlich, wer er ist!

„Was nun?", war die Frage. *Ich solle doch Bankkauffrau werden*, war der Vorschlag meines Vaters.

Das wollt ich nicht, das war mir zu langweilig. Mit Zahlen zu hantieren, fand ich echt alles andere als interessant.

Einzelhandel, das wäre doch was, da hat man mit Menschen zu tun, das ist sicher interessant und mit Menschen kenne ich mich ja schließlich langsam aber sicher aus! Also begann ich in einem der größten Lebensmittelläden der Umgebung, mit meiner Ausbildung. Es machte mir auch Spaß. Es gab viele Süßigkeiten umsonst, Leute völlig umsonst (natürlich nur, wenn die Packungen kaputt waren) und ich brachte meine Lehre auch erfolgreich hinter mich.

Doch der ewige Stress mit irgendwelchen karrieresüchtigen, arbeitssüchtigen, Filialleitern brachte mich dazu, einmal mehr den Job hinzuschmeißen.

Schon wieder! Shit, mpfhh!!

Merkt Ihr was? Immer dann, wenn andere Menschen mir vorschreiben wollten, was ich tun und lassen sollte, und versuchten, mich Dinge tun zu lassen, wie man es halt so macht, dann war für mich Ende der Fahnenstange erreicht.

Warum ließ man mich nicht einfach tun, was richtig Spaß machte und für MICH wichtig erschien?

Warum erhielt ich nicht vernünftige Antworten auf meine Fragen?

Warum sahen alle die Dinge anders als ich?

REBELLION in der Neuzeit!

Ich lebte mittlerweile schon alleine in meiner ersten eigenen Wohnung. War ja nun auch schon stolze 18 Jahre und somit volljährig! Endlich konnte ich tun und lassen was ich wollte.

Dachte ich!

Ich hatte aber leider keinen Job und was viel schlimmer war, auch keine „Kohle".

Also los, und einen neuen, aufregenden Job suchen ……

Ich fand ihn in einer kleinen Firma, die Videos (damals gab es noch keine DVD´s) an Videotheken verkaufte, und durfte dort Büro- und Telefonverkauf machen! Interessant!

Menschen nur am Telefon zu hören, ist eine Sache, sie dann persönlich zu sehen und der Stimme zu zuordnen, eine andere Sache! Hat mir wahnsinnig geholfen, Menschen nicht auf Ihre Stimme zu reduzieren, sondern den Menschen als Ganzes zu betrachten. Leider musste die kleine Firma schließen! Insolvenz! Aber nicht wegen mir und meiner Arbeit! Wieder konnte ich nicht in der Tätigkeit arbeiten, die mir Spaß machte........

Dann las ich in der Zeitung eine Stellenausschreibung als Hausmannequin bei und für Damenunterwäsche (heute: Dessous genannt). Uihhh..... ob die mich nehmen? Gesagt, getan. Meine Bewerbung war geschrieben.

Nach Abmessen meines gesamten Körpers von unten bis oben, vorne und hinten, bei dem ersten Vorstellungsgespräch, hatte ich den Job in der Tasche und ein riesiges Gehalt.

Wow ... JETZT BIN ICH MODEL!

Das war megacool und machte saumäßigen Spaß. Mit meinen 1 Meter 74 cm und alles an seinem Platz, also alles wo es hingehört, war das toll. Das als Bestätigung für mein Selbstbewusstsein war das schon der Hammer! Bewundernde, manchmal auch lüsterne Blicke der Männer (nicht von den Männern mit denen ich arbeitete), süßsaures und neidisches Lächeln der Frauen, das hat schon was. Kann aber auch, unter uns gesagt, ganz schön anstrengend sein! Aber das wäre eine andere Geschichte. Irgendwann einmal, um genau zu sagen nach drei Jahren, war das aber auch langweilig, nicht zuletzt, weil es für mein Hirn wenig anspruchsvoll war. Ergo begann ich eine neue Ausbildung zur Versicherungsfachkraft.

Eigentlich lief diese Ausbildung so nebenbei und endete auch schon nach einem Jahr.

Ja, ich kann wohl sagen im Verkaufen war ich richtig gut. Gesetzte Ziele für Neuabschlüsse waren kein Problem für mich und es ging mir richtig gut. Die Kohle stimmte, ich war Herrin der Arbeitszeit. Und weil mir alles so leicht fiel, nahm ich mir auch meine Freiheiten.

Im Kaffeehaus sitzen, im Schwimmbad abhängen. Und weil meine Zahlen stimmten, schrieb mir niemand vor, was ich zu tun oder zu lassen hätte. Herrlich! Endlich genau das was ich immer wollte. Wieder war es dann einmal soweit und ein „Leiter" kam zu mir und nahm mir mein Gebiet. Ab sofort sollte ich eine neue Region übernehmen. Leider war das ein Gebiet in ländlichem Umfeld. Mein neues Klientel waren jetzt Bauern. Bauern wollten aber nicht mit einer jungen hübschen Frau über Versicherungen reden!!

Aha. Nicht schon wieder den Vorschriften von irgendjemandem folgen müssen. Muss ich weiter reden? Nein.

Klar, ich schmiss den Job hin und dachte*: "Macht ihr doch das Gebiet und nicht ich!* Ihr könnt mich mal".

In dieser Zeit war ich bereits mit Werner zusammen. Werner vertrieb sich seine Zeit damit, gebrauchte Autos „an den Mann" zu bringen.

Als guter Gebrauchtwagenhändler konnte er alles, nur nicht Organisieren im Sinne von Büroarbeit und anderem Verwaltungsquatsch. Deshalb dachte ich, uihh:" das mach ich!" Da kann ich tun und lassen was ich will! Werner hat was davon und ich auch, perfekt.

Und so ging die Arbeit bei Werner als Geschäftsführerin los.

Und eins sage ich Euch: Liebe Leute, versucht mir niemals vorzuschreiben, was ich tun, denken oder sein soll!

Das funktioniert bei mir **NICHT!**

Das Leben ist viel zu kurz, um zu machen, was andere von einem wollen!

2. Kapitel

Wo ist Chefe?!

So fing alles an.
Ich wollte unbedingt Werner, meinem Freund, in seinem Gebrauchtwagenhandel helfen.
Einzig und allein, um endlich mehr Zeit füreinander zu haben..............
Eingestellt wurde ich unter dem Titel:
„Geschäftsführerin"!
Das hört sich wahnsinnig gut an, aber was in Wirklichkeit dahinter steckt, glauben mir nur die, die so etwas auch erlebt haben oder gerade erleben!
Tja, ich war sowohl Sekretärin, als auch Putzfrau und „Seelen- Mülleimer", kurz gesagt: *Mädchen für alles*
Wenn einem seiner kleinen „Auto-Schrauber" (eigentlich Kfz-Mechaniker), namens Christoph und Ilias, etwas nicht passte und die Wut ihnen schon zum Halse rauskam, dann war *ja immer noch ich da,* die man anbrüllen konnte. Besser mich anbrüllen, als die eigene Frau zu Hause.
Der Umgangston in der Branche war hart und makaber, aber ganz im Inneren doch sehr herzlich.

Man musste einfach ein wenig mit der Lupe schauen, um das „Herzliche" zu finden.

Das war aber alles immer noch nicht so schlimm, denn unsere ausländischen Mitbürger als Kunden brachten irgendwie die Spitze des Himalajas zum Brechen. Warum? Versteht Ihr gleich.
Kaum hatten diese sich für ein Auto interessiert, fragten Sie: „Wo ist Chefe, möchte wegen Auto fragen." Wenn ich daraufhin selbstbewusst antwortete: „Ich bin dafür zuständig", kam die Gegenfrage: „Wann kommt Chefe?"

So ging das also Woche für Woche, bis ich tapfer erwiderte: „Entweder verhandeln Sie mit mir oder Sie können gleich wieder gehen."
Also, welch Wunder, blieben sie und wir verhandelten. Aber ein Auto kauften sie NICHT!
Na ja, aller Anfang ist schwer.

Das Schlimmste an sich war, dass ich mich mit Autos nicht so toll auskannte.
Mein Wissen über die Funktion und Bauweise eines Autos begrenzte sich auf das Einsteigen, Starten, Fahren und wieder Einparken. Ich konnte schon hören, ob ein Motor sich gesund oder krank anhörte. Ich wusste auch, ob ein Auto gut aussieht oder eventuell einen Blechschaden hat. Ich hoffte, dass ich das durch die tägliche Routine in der Firma lernen könnte. Manchmal war das trotzdem ganz

schön peinlich. Das in einer Männerdomäne und dem größten Spielzeug für Männer – Autos.
Die Frauen können das wahrscheinlich nachfühlen, vor allem, wenn einer fragt: "Ist das ein Einspritzer oder ein Vergaser?"
Wie gesagt, ich bin der Meinung, dass mein Wissen gegenüber dem „Ottonormalverbraucher" recht gut ist! Und Verkaufen hat schließlich nichts mit Wissen zu tun, dachte ich immer ...?!
Das Sprichwort: *der dümmste Bauer hat die größten Kartoffeln*, nahm ich sehr ernst.

Ich war nun in der Firma meines Freundes tätig und das Erscheinungsbild der Firma *Schraubdichschlau Automobile* hatte sich zwischenzeitlich doch ziemlich verändert. Dank meiner Kreativität (oder Genialität!) Nicht nur, weil ich im Sommer Miniröcke trug, hatte sich die Laufkundschaft erhöht, auch Werners Steuerberater war hocherfreut. Er hatte nicht nur ein hübsches Gesicht vor Augen, sondern eine sehr gute, tadellose, ausgezeichnet, erstellte Buchführung (keine Zettelwirtschaft im Schuhkarton, die normalerweise für Magengeschwüre sorgt, wenn einem der Gedanke an die Steuerprüfung kommt).
Unsere Autohändlerkollegen waren übrigens die einzigen männlichen Wesen, die mich dafür gelobt haben. Das fiel Ihnen aber auch ein bisschen leichter, da ich ja die einzige weibliche Autoverkäuferin in unserer Gegend war!

Wenn ich dann der Kundschaft im Autohandel mit hoch erhobenem Haupt unsere Pkws anpries, wollten die männlichen Wesen leider lieber mit mir flirten, als handeln und dann kaufen. *Das scheint wohl mein Schicksal zu sein!*

Das einzige Objekt, das mich so schlau oder dumm nahm, wie ich war, war mein Computer an meinem Arbeitsplatz! Nur ab und zu streikte auch er dann einmal, aber beim nächsten Einschalten ist er mir nicht mehr böse gewesen. Mit dem Computer unterhielt ich mich auch am liebsten, denn meinen PC konnte ich anmotzen und beschimpfen, wie ich mochte und ich wurde trotzdem jeden Tag schlauer durch ihn. Ja, ich muss sagen: mein PC und ich, wir verstanden uns ganz gut.

So würde ich mein Leben als Frau im Autohandel beschreiben, wenn mich jemand fragen würde.

Aber leider hat das bis jetzt noch KEINER getan!

3. Kapitel

♀♀♂♂♀‼
Geschäftsführerin

Es war wieder mal ein blöder, stupider, gewöhnlicher Wochenanfang.
Es war MONTAG.
Der Tag, an dem man sich fragt: „Wie soll ich bloß diese Woche überstehen?"
Und wie jeden Montag, war ich sehr müde und lustlos, denn sonntags ist bei uns der Abend sehr, sehr lang. Wir genießen unser Wochenende mit vielen Freunden beim Ausgehen in schöne Cafés oder Kneipen.
Nun ja, es war wie gesagt, mal wieder MONTAG.
Mein frisch gemahlener, duftender, mokkabrauner Kaffee stand auf meinem Schreibtisch und ein wunderschönes warmes, gut riechendes, knackiges Frühstückshörnchen pries sich mir an. Als mir das Wasser schon im Munde zusammen lief und ich genüsslich hinein beißen wollte, klingelte, wie sollte es auch anders sein, das Geschäftstelefon. Es klingelte laufend, eigentlich fast minütlich.
Wir hatten unsere Autos auch jede Woche fleißig in einer Zeitung inseriert. Das ist die einfachste und billigste Werbung.

Das Telefon klingelte und es war, wieder einmal, einer unserer ausländischen Mitbürger, die sehr schlecht Deutsch sprechen.
„Wolle nur fragen, ob Auto noch da?"
(Übersetzung: Ist das ausgeschriebene Fahrzeug noch zu kaufen?)
Ein ganz normaler Tagesbeginn in meinem KFZ-Handel-Büro ...

Das Wetter war einfach noch zu kalt für mich.
Es war Anfang März und der Himmel wusste nicht, ob er sich für Regen oder Sonne entscheiden sollte. Genauso war, ehrlich gesagt, auch meine Stimmung. Ich kann nicht genau sagen, ob ich zufrieden oder doch etwas traurig gewesen bin, denn es lief doch noch nicht so, wie ich mir das vorgestellt hatte. In meiner Phantasie funktionierte alles unkompliziert und reibungslos und wahnsinnig schnell.
Aber ich hatte leider Gottes nicht damit gerechnet, dass ich ja ausschließlich mit Männern zusammen arbeiten muss. Denn *das*, macht die ganze Sache wesentlich schwieriger!
Man sollte es nicht glauben, aber Männer sind einfach andere Wesen auf dieser Erde, sie denken, handeln, reden und formulieren ganz anders als wir Frauen. Damit sollte man aber als Frau wiederum zurechtkommen und das OHNE nachzufragen.
Auf gut Deutsch gesagt also:
Wir reden wunderbar und mit Leichtigkeit

aneinander vorbei!

Als sich die Sonne wieder für ein paar Augenblicke durch die Wolken kämpfte, ging es prompt auch mit meiner Laune wieder bergauf.
Ich weiß gar nicht, warum wir Frauen immer so wetterempfindlich sind?
Bis wieder eines der männlichen Wesen auftauchte und mich als *seinen* Artgenossen behandelte.
Manchmal denke ich, wir sind im Zoo, vielleicht im Affengehege? Es war ganz normal, dass der Kunde (egal wer) immer nach dem Chef (Werner) oder nach Christoph oder nach Ilias (unserem Kfz-Mechaniker) fragte. Denn ich als Frau weiß ja nicht Bescheid oder sie dachten, ich sei die Sekretärin.
Je nach Laune suchte ich mir immer aus, was ich jetzt wohl in deren Augen war: Chefin oder Sekretärin, Sekretärin oder Chefin, oder beides gleichzeitig, mhhh? Wenn ein Kunde ganz dumm kam und mich wieder mal nicht als Autoverkäuferin oder Geschäftsführerin anerkannte, war mein Posten: CHEFIN! Wenn es jedoch Ärger gab, war ich die kleine dumme Angestellte! Das ist sehr nützlich, denn WER hat schon sonst eine solche Wahlmöglichkeit?!
Wie gesagt, das Wetter war nicht so stabil, also der Spiegel meiner selbst! Das spürten wohl auch meine Kunden und Mitarbeiter. An dem Tag lief so gut wie alles schief.
Es fing mit einem ganz speziellen Kunden an …

„Hallo ich möchte froge wege Auto hinten am Eck?" (Übersetzung: Haben Sie ein paar Daten für das Auto ganz hinten im Hof?)

Ich fragte: „Welches Auto hinten?" Der Kunde konnte keine Antwort mit Worten geben, sondern zeigte mir das Auto per Handgefuchtel (Übersetzung: mit Händen wedelnd) und loslaufend zum Auto. Er zeigte ausgerechnet auf das Auto, dessen Preis ich nicht wusste. Als topversierte Verkäuferin setzte ich eine selbstsichere Miene auf, blinzelte mit den Augen und sagte … ……………………… nichts.

Darauf schaute er mich blöd von der Seite an und ich wusste genau, was er in diesem Moment dachte: *Typisch Frau, hat keine Ahnung von Autos!* Der Kunde verließ den Hof ohne etwas zu kaufen. Ich wusste ja leider keinen Preis, phhuuuu ist das anstrengend. In den nächsten Minuten ging es dann richtig rund. Telefon, Telefon, Telefon und alle wollten Werner sprechen.

Ich fühlte mich als lebendiger Anrufbeantworter, der bei jedem weiteren Anruf immer ein Stück kleiner wurde und allmählich glaubte ich, umsonst auf der Welt zu sein! Denn ein elektronischer Anrufbeantworter ist um einiges günstiger, braucht nichts zum Trinken, nichts zum Essen, mault nicht und kostet nur 29,50 DM, inklusive Mehrwertsteuer!!!

Kurz nach 13.00 Uhr kam dann, Gott sei Dank, Werner und nahm von nun an selber die Anrufe entgegen.

Okay, dachte ich und spielte zur Beruhigung meiner Nerven und Ablenkung ein Computerspiel.
Kaum habe ich ein paar Karten vom Solitär auf dem Bildschirm gelegt, kam natürlich auch schon Christoph zur Bürotür herein und sah meinem Kartenspiel am PC zu.
Seine kleinen, braunen Augen verdrehten sich mindestens um zwei Zentimeter nach links und im gleichem Zug kam, wie eine spitzige Handwerksmaschine, eine Bemerkung aus seinem ebenso spitz geformten Mund herausgeschossen, die ich lieber nicht hören wollte.
„Ist dir wohl schon wieder langweilig? Ja ja, so schön möchte ich es auch mal haben! Mit Kartenspielen Geld verdienen!"
Leider hatte es auch Werner gehört und stimmte ihm in einem ebenso nicht erfreulichen Ton zu!
Patsch, ich saß schon wieder in der Tinte!!!
In dem Moment dachte ich: *Mit meinen Patzern, die ich mir immer wieder leiste, könnte ich ein Schweinegeld verdienen, wenn ich die vermarkten könnte!*
Vielleicht gibt es sogar für so etwas den passenden Markt?
Nach etwa drei Stunden hatte ich immer noch keinen Abnehmer für meinen neu gefundenen Patzer-Markt, aber dafür noch mehr Patzer. Falschen Preis für ein Auto genannt, Auszeichnung der Autos vertauscht und vieles mehr …

Jedes Mal, wenn ich Mist gebaut oder geredet hatte, dachte ich mir, wie es Werner nur mit mir aushält. Ich würde jeden Mitarbeiter, der sich so schusselig anstellt, ohne Kündigungsfrist feuern.
Aber wer hat schon so eine äußerst attraktive Frau wie mich im Geschäft? Eine, die sonst nur von Männern ausgeübte Arbeit macht, nämlich den *Gebrauchtwagenhandel*?
Okay, ich wusste, jetzt musste ich mich am Riemen reißen, sonst würde es Ärger geben.
Gesagt getan, der erste Kunde den ich mir ausgewählt hatte nach dem schrecklichen Morgen, stand vor der Bürotür und fragte nach einem Fahrzeug, das er sich anschauen wollte. Meine Brust schwelte sich in Sekunden mit Luft und Motivation, dass ich selber erschrak, aber fest im Glauben.
Alle fremden Leute meinten ich sei so. Nur als Werner mich mit seinen großen, blauen Kulleraugen so seltsam von der Seite ansah, wusste ich meine Körpersprache und die mit Luft und Motivation angefüllte Brust, war zu viel des Guten gewesen.
Aber jetzt konnte ich unmöglich zurück von meinem Auftreten, irgendwie hätte der Kunde doch Verdacht geschöpft, dass das nur Attrappe war.
Um mich nicht aus der Ruhe zu bringen, drehte ich mich so schnell wie möglich, aber doch noch irgendwie elegant, einfach um. Ich nahm den Kunden, der übrigens mit seinem braunen, vollen Haar sehr attraktiv aussah, beim Arm und zerrte ihn hastig zum gewünschten Fahrzeug.

Das Auto war ein VW Passat Kombi und meines Erachtens noch ein gepflegtes Fahrzeug. Genau das vermittelte ich meinem Kunden:
Antiblockiersystem, Servolenkung, Zentralverriegelung, Laderaumabdeckung, Dachreling, alles was sehr viel Geld kostet, hatte das Fahrzeug, der Innenraum war, als sei er nie benutzt worden. Nachts stand er in der Garage und auf den Winter wurde er vorbereitet, als wenn man bei einem Baby die Windel wechselt.
Jede 10.000km wurde er, von einer VW Werkstatt überprüft, mit allem was dazugehört, sprich Ölwechsel, Kühlwasser, Spritzwasser nachgefüllt, Bremsscheiben Kontrolle, wenn nötig gewechselt, usw...
Und jetzt hatte der TÜV auch noch alles kontrolliert und nicht den kleinsten Mängel festgestellt.
Der Kunde war total verblüfft und antwortete: „Wo steht das Auto, dass sie mir gerade beschrieben haben?"
„Wir stehen vor dem Auto, lieber Kunde" meinte ich und dachte, der braucht ne neue Brille. Der Kunde erwiderte: „Sie meinen diesen 83er Passat, der Rostbeulen so groß wie eine Pizza hat und den man ohne ein schlechtes Gewissen nur als Müllfahrzeug benutzen würde? Danke, ich habe kein Interesse."

Oh oh oh, so ein blinder Typ.
Und wieder kein Auto verkauft. Es war wie verhext, ich hatte einfach kein Glück mit den Kunden, die ich mir aussuchte.

Ich muss meinen Blick ein wenig schärfen, was Menschen angeht! Vielleicht sollte ich doch nicht so sehr nach dem Äußeren schauen?

Nur ein Problem hatte ich noch. Ich musste Werner beibringen, warum das Auto jetzt schon wieder nicht verkauft wurde, obwohl der Kunde Interesse hatte. Das bereitete mir Kopfschmerzen.

Was aber immer half, war eine stabile Körperhaltung und Selbstbewusstsein. Also, hartnäckig wie ich war, ging ich mit hoch erhobenem Haupt zu Werner und schoss schneller, als die Polizei erlaubt, mit meinen Ausreden los:

„Stell dir mal vor Werner, der wollte für 3.000 DM einen Neuwagen, der TÜV neu hat und da steht wie eine Eins und Extras, die so ein Passat in dem Baujahr nie hat. Da versteh ich ja viel mehr von Fahrzeugen, wie der blinde Dackel!! „

So stand ich entrüstet vor Werner, im Hinterkopf meine Genialität würdigend und schüttelte meinen Kopf.

Werner war am Boden zerstört, weil er nun wieder kein Auto verkauft hatte, und lies in einem Nebensatz fallen: „Irgendwie werden die Menschen immer komischer."

Mir wurde es ganz traurig ums Herz, als ich meinen lieben Freund so deprimiert dasitzen sah und es wurde mir klar, es musste etwas geschehen, nicht heute und nicht morgen,

        ABER DEMNÄCHST!!

Okay, ich malte mir im Kopf so ein paar Dinge aus, die ich tun konnte und sogar tun musste. Diesen Zustand wollte ich nicht länger dulden.
Ein Problem jedoch, war schon sehr schwer für mich, denn ich musste *MICH* ändern!!
Die ganze Menschheit zu ändern wäre einfach viel zu viel Arbeit gewesen.

Wieder einmal, wenn nur Schwierigkeiten auf mich eingestürmt sind, rief ich meine Freundin Iris an, um ihr mein Leid zu klagen.
Iris war ein paar Jahre älter als ich und eine absolute Vertrauensperson. Doch was am anderen Ende der Leitung zur Sprache kam, war alles andere als erfreulich.
Mir wurde so richtig der Kopf gewaschen, schlimmer als bei jedem Friseur. Wobei sie schon mit ein paar Dingen recht hatte. Sie sagte zum Beispiel: „Lerne von den Menschen in deiner Umgebung, lass deinen Dickschädel zu Hause, komm zu dir selbst, und das Lustigste war, „STEH DEINE FRAU!" half mir, wieder eine objektive Seite und Meinung zu hören.

Abgeschlossen mit mir, dem Kunden, Werner, den Autoschraubern, den Kollegen und allem was auf dem Hof herum läuft, arbeitet und herumkriecht, beschloss ich, Feierabend zumachen. Immerhin war es auch schon 22.45 Uhr und kein einziges Telefonklingeln störte mehr, nur noch der Radiosender im

Hintergrund gab ein paar krächzende Töne von sich.

Werner beschloss noch seine Zeitung mit den Autoverkaufsanzeigen, den „Flohmarkt" fertig zu lesen. Ich fuhr nach Hause, um vielleicht noch Essen zu machen oder vor dem Fernseher gemütlich einzuschlafen.

Als ich am nächsten Morgen einigermaßen ausgeruht ins Geschäft kam, standen schon wieder drei arabisch gekleidete Männer auf dem Hof und betrachteten unsere Autos.
Die dunklen, durchdringenden, schönen, braunen Augen und ihre bunte, orientalische Kleidung passten nicht zu dem verzweifelten Gesichtsausdruck der Männer. Denn, als Sie mich sahen, ging in Ihren Köpfen der Gedanke rum: *„Ob die wohl dazugehört??"*
Ich begrüßte die Kunden freundlich mit einem „Guten Morgen" und sie antworteten mir nur mit:
„ Ist Chefe auch da, möchte Auto anschauen."
(Übersetzung: Ist der Chef schon im Geschäft? Wir möchten uns ein Auto anschauen.)
Es fing ja wieder mal gut an, doch ich behielt meine Nerven und antwortete: „ Ja, Chefe steht vor Ihnen und Sie können das Auto anschauen, wenn Sie mit mir reden und verhandeln wollen, obwohl ich eine Frau bin !!!"

Die Verwunderung stand ihnen ins Gesicht geschrieben, aber man staune: es klappte wunderbar.
Die ausländischen Kunden sprachen und verhandelten mit mir, als sei ich ein Mann.
Ein Auto kauften Sie jedoch nicht.
Was soll´s, shit happens.
Na ja, sie sind es halt nicht gewohnt mit Frauen zu verhandeln! In Ihrem Land machen sie so etwas nicht.

Es war nachmittags, als Werner endlich von seinem üblichen Rundgang ins Geschäft kam.
Ein solch üblicher Rundgang sah folgendermaßen aus: Um 11.00 Uhr aufstehen, duschen, anziehen, Kontaktlinsen einbauen, zu einem Autohändler namens Klingler fahren, seinen Bruder auf dessen Autoplatz besuchen, Teile holen und natürlich überall ein bisschen plaudern, verhandeln und Kaffee trinken.
Gegen ca. 15.30 Uhr war das alles dann erledigt und er kam zu mir ins Geschäft auf den Autoplatz.
Um diese Uhrzeit war er natürlich ausgeruht und happy, weil er als Chef eher einen Ausflug gemacht hatte, als zu arbeiten. Wenn Werner kam, stand ein frischer Kaffee auf dem Tisch, sowie etwas zum Knabbern.
Ich glaube, besser geht es keinem Chef, vor allem dann, wenn auch noch eine so hübsche Frau ihm gegenüber sitzt.

Er war völlig ausgeruht und ich, ich war mit meinen Nerven schon bald wieder vollkommen am Ende!! GRAUE HAARE herzlich Willkommen.

Als der Tag dann langsam zum Abend überging, kam unser Freund und Helfer Ilias auf die Idee, unserem Waschhallengast und Aushilfskraft für sehr leicht ausführbare Arbeiten ohne große Verantwortung und mit Begleitbrief / Anweisungen über die Tätigkeit die er machen musste, das Geld aus der Tasche zu ziehen, in dem wir Poker mit ihm spielen sollten. Waschhallengast deswegen, weil er zu faul war, eine geregelte Arbeit anzunehmen, beziehungsweise zu halten. Ganz zu Schweigen davon, dass er nicht einmal wusste, was er arbeiten wollte.

Wenn man also keine Arbeit hat, gibt es logischerweise auch kein Geld. Hat man kein Geld, kann man sich keine Wohnung leisten. Arbeitslosengeld wollte er nicht. Er wusste ja, er kann arbeiten, wenn er nur wissen würde WAS. Aber dem war ja nicht so. Nun ja.

Wir, also Werner und ich, bekamen Mitleid mit diesem *„streunenden Hund"* und nahmen ihn bei uns in der Waschhalle auf. Das hieß, er schlief in der Umkleide hinter der Waschhalle auf den Bänken, mit einer mehr oder weniger guten Matratze.

Deshalb sein Name *Waschhallengast* oder *Großer* (er war fast zwei Meter groß).
Er hatte Beine, die er nicht unter Kontrolle hatte und ebenso langes hellbraunes Haar, das ihm wirr am Kopf hing. Seine großen braunen Augen waren für meinen Geschmack ebenfalls zu groß. Aber das ist ja wiederum Geschmackssache!
Okay, also spielten Werner, Ilias, Waschhallengast `Großer` und ich Poker. Der Einsatz sollte ab 1,00 DM sein, höchstens jedoch 5,00 DM. Wir wollten ja schließlich niemanden noch ärmer machen, als er eh schon war.
Gesagt, getan und los gespielt.
Alle setzten ihr Pokerface auf, nur nicht Werner und der Große.
Wenn die Zwei ein gutes Blatt hatten, grinsten ihre Augen wie bei den Chinesen, ob sie es zeigen wollten oder nicht, man sah es sehr *deutlich*!
Ilias jedoch spielte leider immer auf Sicherheit. Wenn er nicht wusste, ob er das beste Blatt hatte, zahlte er eine Mark zum Sehen der Karten. Wie LANGWEILIG, gähn! Damit war ein Spiel relativ schnell beendet. Und wieder einmal war ich die einzige Frau im Bunde!
Als ich die Männer so beobachtete, fiel mir sehr deutlich auf, dass sie alle wie kleine Kinder waren. Ich glaube wir Frauen sind da sehr viel raffinierter. Gott sei gedankt, wissen wir das, aber die Männer nicht, hihihi.

Das Grinsen, das Verstecken von Karten, Geld setzen und gewinnen, es war ein Mimikspiel vom Feinsten!!
Ich war *mitten im Gewinnen*, da ich ja der Profi war im Festhalten meiner Gesichtsmuskeln, um ja keinen Verrat über die guten oder schlechten Karten in meiner Hand, zu zeigen. Und so spielten wir Sekunde für Sekunde, Minute für Minute und Stunde für Stunde, weiter Karten.
Es wurde spät an dem Abend, wir hatten, um genau zu sein, 22.30 Uhr, als sich plötzlich die Bürotür mit einem Ruck öffnete.
Wer war das wohl so spät noch???

Natürlich, ein ausländischer Mitbürger, ich glaube es war ein kroatischer Landsmann, der sehr schlecht Deutsch redete! Er kam um diese Uhrzeit in Jogginghose und einem ausgeleierten, verwaschenen hellblauen Sweatshirt.
Nicht gerade das, was ich attraktiv und modisch fand. Aber das ist ja Geschmackssache.
Er bräuchte ein Ersatzteil für sein zu Schrott gefahrenes Auto. Typisch. Nicht typisch für das zu Schrott gefahrene Auto, sondern um die Uhrzeit noch ein Ersatzteil zu wollen.
Selbstverständlich gab ihm Werner das Ersatzteil, das er brauchte und unser kroatischer Mitbürger ging zufrieden nach Hause.

Der Kunde war weg und wir spielten noch ein wenig munter weiter! Wir wollten ja unseren „Großen", den Waschhallengast, nicht *das bisschen* Geld das er hatte, aus der Tasche ziehen.
Leute, es ist wirklich, echt, sehr schwirig, absichtlich zu verlieren! Vor allem dann, wenn man als einzige Frau gegen drei Männer spielt! Da ist es fast unmöglich zu verlieren und PFLICHT zu gewinnen.
Und so passierte es auch!
Die Mimikspiele verstärkten sich ins Krampfhafte bei allen drei Männern. Mann sah sprichwörtlich, wie es im Gesicht geschrieben stand: *Wir können und dürfen gegen Sybille nicht verlieren, auf keinen Fall!*
Ich gewann das Spiel mit sagenhaften 80 DM und einem megabreiten Grinsen auf dem Gesicht, das einfach nicht mehr verschwand. Egal, wie ich mich bemühte! Mein Grinsen nahm ich mit nach Hause, aber auch ein wenig ein schlechtes Gewissen dem Großen gegenüber.
Ich beschloss, ihm am nächsten Tag ein Frühstück zu spendieren. Punkt.
Was ich dann auch tat.

Der nächste Tag war wie immer!
Telefon, Telefon, Anfragen, Anfragen.
Phuuuu... Bis dann irgendwann im Laufe des Tages sich Werner auch mal blicken ließ.

Am Abend telefonierte Werner nach Autoangeboten in den Zeitungen „Sperrmüll" und „Flohmarkt", als er plötzlich laut zu lachen anfing und uns berichtete, dass ein (dieses mal) Deutscher eine Anzeige im „Sperrmüll" inserierte mit dem Text: „Suche Porsche 944 Ab Bj. 86 -Bj. 89 bis zu 5.000.- DM".

Wohlgemerkt, wir schrieben das Jahr 1994. Natürlich gab und gibt es keinen Porsche für so wenig Geld. Nicht mal bei Scheidungsprozessen, wo der Mann alles Eigentum günstig verkauft, um ja seiner Frau nichts geben zu müssen.

Werner hatte die Idee, den Inserenten anzurufen und zu verarschen.

Gesagt, getan.

Er rief an.

„Hallo, hier ist Müller, ich hätte Ihnen da einen Porsche Bj. 88 für 4.800 DM zu verkaufen".

Der Deutsche: „Ja toll, wie viel Kilometer und welche Ausstattung hat er denn?"

Werner:„ 20.000 km und Vollederausstattung"

Der Deutsche: „Wie viele Besitzer hat der Wagen?"

Werner: „ Erste Hand mit Scheckheft"

Der Deutsche: „Ist er unfallfrei der Porsche?"

Werner: „ Ja, selbstverständlich ist der Wagen unfallfrei."

So ging der Wortwechsel bestimmt fünf Minuten lang.

Natürlich konnten wir mithören, denn der Telefonapparat war auf Mithören eingestellt.
Ilias, der Große und ich, wir kringelten uns vor Lachen. Es ist gar nicht so einfach, ein Lachen zu unterdrücken, vor allem dann nicht, wenn gleich drei Menschen lachen müssen.

Auf einmal ging die Bürotür mit Schwung auf und ein Kunde kam rein.
Der Kunde, war ein kleiner untersetzter Mann mit einem Dreitagebart, karriertes Hemd und Jeans. Seine wachen, grünen Augen schauten interessiert alle im Büro sitzenden Anwesenden an.
Dieser Kunde sagte „*Hallo*", und hörte dem Telefonat von Werner als nunmehr Vierter Interessiert zu. Dabei gab er laufend seine Meinung ab, wenn wir wieder loslachen mussten, aber keiner wusste wer dieser *Jemand* war.
Es war auf jeden Fall jemand mit dem Kennzeichen und Dialekt aus Aalen, er sprach ansonsten außer dem Dialekt, Deutsch. Wenn man das so nennen kann. Aber diese Art von Germanen können weder Autofahren noch Reden! Sie kommen einfach von der Alb!
Er war klein, kleiner als ich und erinnerte mich an einen wie aus dem Film *Manta Manta*.
Irgendwann wurde es mir doch mulmig und ich fragte mich, wer dieser Mann denn sein könnte. Also versuchte ich, Werner so unauffällig wie möglich zu signalisieren, dass er den Apparat vom Mit-

hören bitte ausschalten sollte, es sei Kundschaft im Büro.
Werner schickte sodann diesen Deutschen am Telefon mit der Anzeige „suche Porsche....", zu einem weniger freundlichen Kollegen von uns in unserem kleinen Dorf, mit dem Hinweis, er solle doch um fünf Uhr in der Früh spätestens dort hingehen.
All dies, sollte der Aalener eigentlich nicht mitbekommen.
Wohlgemerkt, es ging um das Kaufgesuch des Deutschen wegen eines Porsches zu einem irrsinnigen, günstigen Preis.
Kurz darauf legte Werner dann, Gott sei gedankt, auf und sah erst jetzt den Fremden im Büro stehen.
Werners hübsches, ebenmäßiges Gesicht wechselte die Farbe von Rot auf Weiß, dann wieder von Weiß auf Rot.
Schließlich, nach dem er sich einigermaßen gefasst hatte, fragte er den Kunden, ob er Ihm helfen könne?
Na ja, ich war der Meinung, dem kann man nicht mehr helfen. Das bestätigte sich nach nur drei gesprochenen Sätzen von dem Aalener, die eindeutig auf einen Menschen hinwiesen, der nicht mehr alle Tassen im Schrank hatte!
Er, der Aalener, sei bei Werners Bruder gewesen wegen eines Porsches 944.

Alle Fragen, die er Rüdiger (Werners jüngeren Bruder) gestellt hatte, beantwortete dieser mit:
„Frog mein Alte „
(Übersetzung: fragen Sie meinen Bruder)
Der Aalener fragte Rüdiger:
„Isch de Porsche ofallfrei?"
(Übersetzung: Ist der Porsche unfallfrei?)
Darauf erwiderte Rüdiger: *„ Frog mein Alte!"*
(Übersetzung: fragen Sie meinen Bruder)
Aalener:*„Send die Reife eitrage?"*
(Übersetzung: Sind die Reifen eingetragen)
Rüdiger: *"Frog mein Alte!"*
(Übersetzung: fragen Sie meinen Bruder)
Aalener: *„Ko ma was mache mit dem Preis?"*
(Übersetzung: kann man über den Preis reden, verhandeln?)
Rüdiger: *„Frog mein Alte".*
(Übersetzung: fragen Sie meinen Bruder)
Der Aalener erzählte es so lustig mit seinem Dialekt, dass alle im Büro schon weinen mussten, vor lauter Lachen.
Werner, der Arme, musste sich als Einziger bei diesem Gespräch zusammenreißen.
So ging der Dialog rund fünf Minuten, bis der Aalener sagte, der Rüdiger muss sein Firmenschild von „Schraubdichschlau Rüdiger Automobile" umändern, in *"Frog mein Alte Automobile".*
Da konnte wirklich keiner mehr.
Uns tat der Bauch vom Lachen so weh, dass die Tränen flossen.

Schade war nur, dass mein Kassettenrecorder das nicht aufnahm. Mit der Kassette hätten wir eine Juxsendung machen und diese dann irgend einem TV Sender verkaufen können. Wir hätten bestimmt mehrere Millionen verdient!

Kurz bevor der Aalener aufbrach, sagte er noch zu Werner: „Des wer´s gleiche, wenn i di froge det, kennscht die mit Boote aus, da tetschd du au nix wisse!"
(Übersetzung: Wenn ich Dich nach Booten frage würde, hättest Du auch keine Ahnung.)
Dann sagte Werner: „ Frog mein Jonge!"
(Übersetzung: fragen Sie meinen jüngeren Bruder)

Das Witzige daran ist, Rüdiger hat einen Bootsführerschein und kennt sich hervorragend mit Booten aus!
Tja man sollte nicht annehmen was andere wissen oder was sie nicht wissen.

Der Aalener verabredete für den nächsten Tag einen Termin zur Probefahrt, denn zufällig hatten wir einen 944-er auf dem Hof stehen.
Die fünf Stunden Probefahrt, die sich der Aalener so vorgestellt hatte, wurden dann in 30 Minuten geändert und das noch im Beisein von unserem etwas „unterbelichteten" liebevollen Großen.
Werner hatte doch noch Angst, dass er unseren Porsche auseinander baut und die Teile, die er braucht, in seinen eigenen 944-er einbaut.

Das war uns zu riskant. verständlicher Weise!!
Doch der Aalener erschien am nächsten Tag nicht. Also hatte ich recht, dass nur heiße Luft aus seinem Mund kommt, mit der man nicht mal eine Suppe hätte wärmen können!
Es war schade, denn wir wollten ihn unbedingt auf unsere Videokamera bringen.
So ein Unikat gibt es doch sehr selten und ich hatte ja immer noch die Millionen im Kopf, die man damit verdienen konnte.

Am nächsten Tag wartete ich schon ganz gespannt, ob wir eine Rückmeldung unseres weniger beliebten Mitstreiters bekommen würden, zwecks der Anzeige für den Porsche 944.
Leider nein! Wenn er sich nämlich um 05.00 Uhr morgens aus dem Bett hätte quälen müssen, um sich dann in Erklärungsversuchen zu verstricken, *"Er habe keinen Porsche auf dem Hof stehen"* wäre ich gerne dabei gewesen, hihihi.

Prompt klingelte auch schon das Telefon. Am Klingeln merkte ich, das ist etwas *Ungutes!*
Ich nahm tapfer den Hörer ab und es meldete sich doch tatsächlich der Kollege, dem wir den Interessenten für den Porsche am Vorabend geschickt hatten. Ich hätte den Hörer locker auf den Tisch legen, nebenher Kaffeekochen und auf die Toilette gehen können, ich hätte sein Gebrüll immer noch gehört!

Natürlich musste ich das Ganze wieder abfangen und in die Harmonie bringen, nur wie?
Notlüge!!!!! Eine Notlüge musste her und zwar schnell!!
„Lieber Kollege, ich weiß nicht von was du sprichst? Wieso sollte Werner Dir jemanden mit einer solchen Wahnsinnsidee rüberschicken? So einen günstigen Porsche gibt es doch gar nicht. Jetzt mach doch mal langsam! Also wir waren das nicht!
Nein wirklich, du kannst mir ruhig glauben! So einen netten Kollegen würden wir doch nie so verarschen? Was? Da hat jemand schon um 05.00 Uhr bei dir angerufen?"
Ich glaube, so ging das 20 min., gefühlte 60 min., bis er aufgelegt hatte.
Phuuuu, das war ein anstrengender Tagesanfang.
Aber ich freute mich nun auf die anderen Kunden!

Hallo liebe Kunden, wo seid Ihr?
Ich habe tolle Autos für Euch!
Kommt zu mir, putt putt putt.......

4. Kapitel

♀⚧♀♥
Das Hundebaby

So gingen mehrere Monate ruck zuck vorbei, aber mein Problem mit den meist südländischen Männern hatte sich noch nicht verbessert.
Klar, ich bin ja immer noch eine Frau!

Aber die meisten Männer akzeptierten, dass ich eine Frau bin, und ich akzeptierte, dass Männer Männer sind.
So ging das alles recht einfach von der Hand, na ja manchmal zumindest. Diejenigen, die das sehr langsam verstanden, waren zum Beispiel Kunden, die mich zum ersten Mal sahen oder mit mir sprachen. Denen brachte ich das relativ schnell bei, wer ich bin und was ich hier tue. Natürlich immer freundlich und mit einem Lächeln!
Ich musste nur innerlich immer wieder grinsen, was Männer für ein Problem haben, einer Frau zu glauben, was sie sagt, vor allem, wenn es um Autos geht! Tssss.
Das wird wohl ewig so bleiben, denn das liebste Spielzeug des Mannes ist und bleibt das Auto!!!

Mein liebstes Spielzeug ist und bleibt, den Männern vorzuhalten, dass Frauen genauso gut oder schlecht sind wie Männer!
Vielleicht hat Gott mich dazu auf die Erde gebracht?!

Eines Tages kam Ilias zu uns und sagte: „Stell dir vor, die Freundin meines Bruders holt sich heute ein Rottweiler Baby. Da gibt es noch welche zum Kaufen ..."
Wow, das war eine Nachricht! Endlich mal wieder was Neues hier im „Autohändlerwonderland".

Werner und ich saßen beim Grillen abends im Hof in der Runde und diskutierten über den Hund.
Ihr müsst wissen, ich wollte schon immer einen Hund haben. Ich bin mit einem Hund aufgewachsen und würde ich mich wesentlich sicherer fühlen mit einem Hund, bei diesen ganzen komischen Kunden, die wir hatten. Einfach so.
Also ging die Diskussion los: Hund kaufen oder nicht?
Wer würde sich dann um den Hund kümmern?
Was machen wir mit dem Hund im Urlaub?
Wo soll der Hund leben, im Geschäft oder zu Hause?
Dürfen wir hier im Geschäft überhaupt einen Hund halten?
Wer ist der Hauptverantwortliche für den Hund?
Wer geht mit Ihm zum Tierarzt? Wer geht Gassi?

Mann, da war einiges zu klären, aber es stellte sich immer wieder raus, dass Werner nicht die Hauptverantwortung tragen wollte, weil er dazu „angeblich" keine Zeit hatte.
Also, ich wollte einen Hund und so übernahm ich alles, was den Hund angeht, Ausnahme im Krankheitsfall.
Eine große Verantwortung war das, die da auf mich wartete! Na ja, wir hatten ja noch gar keinen Hund gemeinsam. Als erstes mussten wir uns die Hundewelpen mal anschauen.

Gesagt getan.
Am selben Abend fuhren wir noch zu den Hundezüchtern, die einige Kilometer entfernt wohnten. Mein Gott, derjenige, der schon einmal ein Paar Rottweiler Babys gesehen hat, kann mir nachfühlen, was für ein bezaubernder Anblick sie waren. Wie Plüschtierchen mit viel zu großen Pfoten stapften sie unsicher und tollpatschig durch die Gegend. Setzten einen Unschuldsblick auf und kamen schwanzwedelnd auf einen zu, sabberten einen voll und stiefelten auf den Schuhen umher, weil die Koordination noch nicht so klappte.
Natürlich haben wir uns ein Hundebaby ausgesucht, beziehungsweise hat ein Hundebaby *UNS* sich ausgesucht. Eines der Hundebabys kam auf mich und Werner zu und ließ sich, plums, einfach in meinen Schoß fallen.

Schaute mich absolut überzeugend und liebevoll an, als würde es sagen: *"Mami, nimm mich mit"*.
Werner konnte ebenfalls nicht widerstehen und schmuste mit dem kleinen Welpen eine halbe Ewigkeit rum.
Als wir uns verabschiedeten, lief uns der kleine Welpe hinterher und jaulte.
Werner sagte leise zu dem Rottweiler Welpen: *"Keine Angst, so wie ich Sybille kenne, holt sie dich so bald als möglich ab."*

Einen Tag später durften wir dann das Hundebaby auch abholen, nach dem alles mit den Züchtern und unseren Vermietern abgeklärt war.
Juhu, welche Freude!
Ilias und ich holten das Hundebaby ab. Werner richtete im Büro derweil das Schlafnest für unsere Kleine her.
Zuerst wollten wir aber in die Zoohandlung fahren, um ein passendes Halsband für unseren neuen Hund zu kaufen.
Die Verkäuferin im Zoohandel gab uns, unserer Meinung nach, ein Halsband, das eher zu einem Pudel gepasst hätte, als zu einem Rottweiler Baby. Ich glaube sie hatte noch nie einen Rottweiler gesehen? Als nächstes schlug sie ein Hundehalsband für einen Terrier vor, das viiiiiiiiieeeeeel zu klein war.
So ging es tatsächlich sage und schreibe noch eine Viertelstunde weiter.

Ich merkte, dass sie keine Ahnung von Größenabmessungen hatte, „die Arme". Wirklich keine Ahnung ...
Aber es wird ja auch immer der Frau beigebracht, dass eine Penislänge 30 cm sind, laut Aussagen gut unterrichteter Männer. :-)

Also ließen wir es mit dem Halsband erst einmal und beschlossen später, zusammen dann mit dem Hundebaby in den Zoohandel zu gehen, um ein Halsband, abgemessen an ihrem schönen Hals, auszusuchen.

Mein Gott, war das eine Aufregung, als wir das kleine Knäuel geholt haben. Es war, als erkenne mich das Hundebaby sofort wieder.
Eine Wiedersehensfreude und ein Geknuddele (Übersetzung: Schmusen) ohne Ende war das.
Wir drei, Ilias, der Hund und ich, waren aufgeregt, aufgewühlt und voller Vorfreude und mit einem breiten Grinsen im Gesicht.
So gingen wir also nochmals, dieses mal mit Hund, ins Zoogeschäft, um das passende Halsband für den kleinen Welpen zu finden.
Ilias trug das Hundebaby, als wäre es seines, stolz und mit hocherhobenem Kopf, lief er im Zoocenter herum, um jedem zu zeigen, was für ein tolles Hundebaby er auf dem Arm hat. Ich schüttelte nur den Kopf!

Ein paar Sekunden später war Ilias auf einmal ohne Hundebaby bei mir, und ich fragte besorgt: „Wo ist mein Hundebaby Ilias?"
„Ach, lass doch das Kleine ein wenig herumschnüffeln, so weiß es gleich, was es alles gutes zum Fressen gibt", lautete seine Antwort.
Das Hundebaby nahm dies leider nur allzu wörtlich und fraß sich munter und fröhlich, von Abteilung zu Abteilung durch.
Einen leckeren Hundekuchen aus dem offenen Regal da und einen kleinen Knochen aus dem gegenüberliegenden Regal hier.
Bis eine kleine, untersetzte Verkäuferin total empört mit hochroten Kopf auf uns zu kam und hysterisch schrie: „Das ist doch Ihr Hundebaby, oder???"
Ihre Stimme war so grell und laut, dass unser kleines Hundebaby fürchterlich erschrak und auf dem Absatz kehrt machte und in Richtung Ilias stiefelte.
Ich zeigte mit den Fingern wortlos auf Ilias. Der wiederum nahm das alles ganz gelassen und lachte einfach darauf los.
Wir alle waren sprachlos über das Geschehene, nur Ilias nicht! Ilias übernahm freundlicherweise und fairerweise nachher die Rechnung über die ganzen Leckerlis (Übersetzung: Naschware) unseres Hundebabys. Die Summe war beträchtlich!
Ich wusste gar nicht, dass ein Hundebaby soviel fressen kann.

Und weiter ging es auf Halsbandsuche. Wir mussten circa 20-25 Halsbänder probieren, jedes Mal wurde es um einige mm größer!
Als wir dann das drittlängste aller Halsbänder hatten und das auch passte (das war eigentlich für einen ausgewachsenen, mittelgroßen Hund, laut Hersteller), fuhren wir total erledigt zu Werner, der schon ganz aufgeregt im Büro auf uns wartete.
Der kleine Tollpatsch wurde von Werner ganz lieb begrüßt, aber das Hundi wollte lieber erst Mal alles abschnüffeln und schauen, wo es überhaupt gelandet war.
Wie stolze Eltern liefen wir drei durch alle Räume im Geschäft dem Hundebaby gleichen Schrittes hinterher.
In der Anzahl waren es fünf Räume. Wir lachten immer wieder, wenn ihm ein Missgeschick passierte.
Mein Gott, wie albern kann man werden, wenn man ein Baby, egal ob Menschlein oder Tierlein, in Obhut hat. Es hätte nur noch das berühmte „*Eiteitei*" gefehlt.

An diesem Nachmittag war es im Geschäft recht ruhig, daher konnten wir uns voll über unseren Neuankömmling freuen und kümmern.
Als es Abend wurde, hatten wir immer noch keinen Namen für unser Hundebaby!
Also beschlossen wir auf dem Hof zu Grillen, ein bisschen Wein zu holen, um uns dann einen Namen für das Hundi zu überlegen.

Nach stundenlanger Diskussion und komischen Einfällen der Männer ihrerseits was Namen anbetrifft, waren wir nicht wirklich weitergekommen. Aber Dank meiner Genialität und meines Ideenreichtums warf ich den Namen *Jessy* in die Runde. Dieser Name gefiel uns allen am Besten. Gut, nun mussten wir nur noch dem Baby seinen Namen beibringen, aber das war bestimmt keine Schwierigkeit, da wir mindesten zwei Experten, Werner und Ilias, hatten und jeder es besser wusste, als der Andere. Ich hielt mich vornehm heraus und verzog mich mit Jessy in eine Ecke. Ich sprach mit ihr, als ob sie mich verstehen und unsere menschliche Sprache völlig beherrschen würde. So sagte ich zu ihr: „Ich Sybille, Du Jessy. Da Werner, Du Jessy. Dort Ilias, Du Jessy. Alles Klar?"

Nun war ich der festen Überzeugung, dass Jessy ihren Namen kannte.

Schließlich war sie ein super intelligenter Hund, erstens weil sie ein Weibchen und zweitens, weil sie mein Hund war. Ich irrte mich. Ganz so schnell ging es dann doch nicht. Tagelang hörte sie auf alles, nur nicht auf Jessy. Naja, nicht ganz, ab und zu hatten wir beim Rufen auch Glückstreffer, vor allem dann, wenn sie das Leckerli in der Hand sah und roch. Dann übten wir das mit dem Namen und ich rief immer wieder "*Jessy*", und wenn sie dann aufschaute und zu mir kam, erhielt sie ihre Belohnung. Juhuuu, es war halt doch ein intelligenter Hund, das hatte ich doch gleich gesagt. Das klappte ganz prima.

Ja, ich würde sogar sagen, es klappte hervorragend.
Ich bin einfach super gut in Sachen Erziehung.
Ab diesen Moment wurde Jessy ein ganz wichtiges Lebewesen in meinem Leben. Ich verbrachte sehr, sehr viel Zeit mit ihr und lernte noch mehr als sie.

So vergingen die Wochen und aus dem kleinen Welpen, Jessy, wurde eine mittelgroße Madame Jessy. In dieser Zeit bekam sie immer mehr die Statur eines Rottweilers. Dies wirkte sehr einschüchternd auf andere, und das nutzte ich gnadenlos bei meinen unbeliebten Kunden aus. Obwohl sie noch nicht komplett ausgewachsen war.

Eines Tages kam ein ganzer Trupp Russen (Übersetzung: russische Landsmänner) auf den Hof und wollten alte, unfallgeschädigte Autos kaufen, um diese nach Russland zu transportieren. Wie immer kam der gleiche Satz; „Wo ist Chefe? Wollen fragen wegen Autos hinten am Hof." Ich sagte, wie immer: „Chefe steht vor Ihnen, welche Autos meinen Sie?"
Sie schauten mich an und überlegten, wie ihre Kollegen zuvor, ob sie nun mit mir weiter reden oder lieber gehen sollen.
Aber sie blieben.
Schauten mich etwas herablassend an und fragten nach den Schlüsseln. In meinem Kopf ging ein Feuerwerk an Gedanken los, wie ich diese Männer

einschüchtern kann, um Respekt zu bekommen. Jessy!!! Ja klar, sie würde die Lösung sein.
Die meisten unserer ausländischen Mitbürger haben Angst vor Hunden, warum, weiß ich nicht. Jessy ist zwar erst ein paar Monate alt, hatte aber wie schon gesagt, eine recht beachtliche und kräftige Statur. So machte ich die Tür vom Büro auf. Jessy lag gerne und oft unter dem Bürotisch und dachte auch sichtlich sehr, sehr laut in dem Moment: „Frauchen steh doch endlich auf und spiele mit mir, das ist so langweilig hier und bringt doch sowieso nichts." Um ihre Gedanken nochmals mit einer nonverbalen Kommunikation zu verstärken, dass ich es auch wirklich verstehe, wedelte Jessy mit ihrem nicht vorhandenen kupierten Schwänzchen (leider war das damals noch so). Es wackelte der ganze Hund. Da sie noch recht jung war, lief sie sehr schnell, ungeduldig und neugierig auf Frauchen zu, um zu sehen, was es nun zu spielen gäbe.Sie rannte dabei an mir vorbei auf den Hof und tobte im Zickzack hin und her.
Wenn neue Kunden sie nicht kannten, konnte das ganz schön einschüchternd wirken, hihihi...
Die russischen Kollegen sahen Jessy raus sprinten und bekamen fürchterliche Angst. Ihre Augen wurden riesengroß und Schweißperlen bildeten sich ihnen auf der Stirn. Blitzschnell versteckten sie sich hinter dem hintersten Auto im Hof und meinten doch tatsächlich, dass ein Hund sie hinter einem Auto nicht finden könnte!! Welch ein Irrglaube!

Jessy nahm das als Versteckspiel auf und lief natürlich voller Freude zügig auf die Russen zu.

Sie wedelte mit ihrem nicht vorhanden Schwänzchen und ließ ihr tiefes Spiel knurren aus der Kehle laut heraus. Die russischen Kollegen verstanden das überhaupt nicht als Spielaufforderung und zitterten noch mehr mit ihren Knien.

Ich lief mit hocherhobenem Haupt zu ihnen und sagte mit lauter, fester Stimme zu Jessy:

"Sei lieb Jessy, dass sind Kunden und kein Futter!"

Ab dem Moment waren die Herren aus Russland sehr kooperativ! Yeeessss! Und gekauft hatten sie auch. Ziel erreicht!

Jessy und ich hatten einen Heidenspaß ..., hihihihi....

Natürlich erzählte ich Werner nichts davon, warum auch?

Frauen brauchen auch ihre Geheimnisse!

Ab diesem Ereignis waren wir ein super Team, meine Hundedame Jessy und ich. Zwei Frauen im Autohandel, die sich prima ergänzten. Die Eine ist einschüchternd in der Statur und Rasse und die andere hat das Wissen und Ihre geniale Art, sich mit Worten auszudrücken.

Wir hätten eigentlich einen Preis verdient.

5. Kapitel

♀♂?!

Der Kauf

Eines Tages kam ein Anruf, der mich und Werner im höchsten Maße erstaunte … ……
Es war schon September, als ein Autohändlerkollege zu uns auf den Platz kam. Ein kleiner Smalltalk von fünf Minuten und prompt kam er mit einer Tatsache daher, dass uns echt die Augen raus fielen. „Werner ich möchte nicht mehr im Schwabenländle Autos verkaufen, hast du keine Lust, meinen Platz zu übernehmen??"
LIEBE LEUTE, das war die Frage schlechthin, weil der Platz, den er verkaufen wollte, zu den BESTEN Autoverkaufsplätzen bei uns in der Gegend gehörte!
Werner und ich waren mehr oder weniger sprachlos! Aber das war ein Angebot, das wir uns auf alle Fälle nicht entgehen lassen wollten. Es vergingen ein paar Tage, dann hatten wir ein Gespräch mit dem Eigentümer des Platzes.
Natürlich versuchte Werner zu pokern, indem er den Platz nicht mieten, sondern kaufen wollte! Nachdem ich ihm Tag und Nacht eingeredet hatte: *Kauf den Platz.*

Es war wie Meditation bzw. Autosuggestion:
Werner, kauf den Platz
Werner, kauf den Platz
Werner, kauf den Platz
Denn unser Händlerkollege, der Vormieter, war einer der ersten Pächter, die ihre Pacht an den Vermieter, Herr Pug, pünktlich zahlten. Das war ein sicheres Einkommen für ihn und das würde dann für ihn ja wegfallen. Wenn wir den Platz nicht nahmen, musste er es an Unbekannte weitervermieten und das ist immer ein Risiko, bei der heutigen Zahlungsmoral und der damaligen Wirtschaftslage (1996). Und schließlich kannte er Werner und wusste, dass er zuverlässig ist. Jeder setzte bei diesem Gespräch also sein Pokerface auf, und ich glaube gesehen zu haben, dass jeder schweißnasse Hände hatte. Ich hatte Sie auf jeden Fall und das reichlich.

Nach einer Stunde, sagte ich zu Werner: „Komm Schatz, lass uns eine Zigarette auf dem Balkon rauchen!"

Bei dieser Zigarette fragte mich Werner: "Und, was meinst Du? Sollen wir nun kaufen oder nicht?"

Und das nach dieser endlosen langen Autosuggestionsanstrengung von mir !!!

(Werner, kauf den Platz, kauf den Platz, kauf den Platz). Mhmpppft!

Natürlich, es ging um Summen, die ich hier nicht nennen kann (so große Summen kann ich gar nicht aussprechen, geschweige denn hatte ich sie jemals

in meinen Händen). Aber für ein kleines Unternehmen, wie unserem, war es sehr viel Geld!
So war auch die Entscheidung nicht ganz so einfach, wir hatten im Vorfeld so Kleinigkeiten wie Finanzierung noch nicht abgeklärt. Weder mit der Bank noch mit irgendjemandem (Makler, Bankern usw.), ob der Preis den wir aushandelten in Ordnung war und ähnliches. Aber ich antwortete auf seine Frage kurz und bündig: "Mein Gefühl sagt, Scheiß drauf, wir packen das!"
Gesagt getan, wir einigten uns auf einen Preis, der zwar nicht das Schnäppchen des Jahres war, aber ein guter Kompromiss.
Wie gesagt, den Preis möchte ich jetzt allerdings nicht nennen, das fällt sogar meiner Zunge schwer es auszusprechen, meine Hand fängt beim Schreiben ja schon zu zittern an!!!
Nun hatten wir circa vier Wochen Zeit, um die Finanzierung auf die Beine zu stellen.
Vier Wochen, wisst Ihr was das heißt??
Wir, Werner und ich, hatten so etwas ja noch nie getätigt. Werner aber verließ sich wieder mal vollkommen auf mich und ich mich auf ihn!
Zuerst gingen wir zu sämtlichen Banken, die uns einfielen. Unser Steuerberater half uns, Gott sei gedankt, mit vielen Tipps und Telefonaten. Bei den Banken, die er kannte, ließ er seine Beziehungen spielen.

Vitamin „B" kann doch sehr von Vorteil sein.
Ich möchte an dieser Stelle das Denken der Banker nicht großartig ausbreiten, aber es sei nur so viel dazu gesagt, dass ich diesen Beruf der sogenannten Finanzdienstleister locker hätte selbst ausüben können ...
Der „beste" Banker, war jemand aus unserer stadtbekannten Bank, deren Name ich lieber nicht nennen möchte, nein, nicht nennen darf! Nennen wir sie einfach C Bank.
Das meine ich als Scherz, falls einer nicht drauf kommt.
Dieser Bankangestellte berechnete unseren Platz nur mit der Grundfläche, alles andere was auf dem Grund stand, interessierte ihn nicht im Geringsten! Es wurde also im Gegensatz zur Realität nur das unbebaute Objekt bewertet.
Zur Erklärung:
Der Platz ist ca. 10.000 qm groß. Es steht eine große Halle (ca. 1.899 qm) darauf. Die vordere Hälfte des Gebäudes ist ein Glasausstellungsraum für die schönen, teuren Fahrzeuge. Im hinteren Teil ist eine kleine Werkstatt. Neben der Halle steht ein kleines süßes Haus im Stil der Provence mit ungefähr 200 qm Wohnfläche. Ein Teil davon ist unterkellert. Ein „kleiner" Garten mit 1000 qm ziert das schöne und romantische Häuschen. Die runde Treppe vor dem Eingang des Hauses, die über zwei Meter breit und wunderschön ist, will ich eigentlich gar nicht erwähnen ...

Ihr könnt Euch ausrechnen, was für ein Beleihungswert des Grundstücks herauskam, ohne dem, was darauf steht! Krass (Übersetzung: Weitaus) unterbewertet, um es gelinde auszudrücken.

Es war das erste Mal, seit wir bei den Banken anfragten zwecks Finanzierung, dass ich aufstand und zu dem Banker sagte: "Gut, wenn Sie darauf bestehen, den reinen Grund zu berechnen und die Gebäude unter den Tisch fallen zu lassen, hat es keinen Wert, mit Ihnen zusammen zu arbeiten, ohne mich! Auf Wiedersehen."

So ein Allerwelts-Trottel!!!

Der Gipfel waren dann aber immer noch die Bausparkassen, nennen wir sie einfach B-Banken.

Die schienen noch weniger Lust zu haben, mit uns zu reden, geschweige denn, uns zu beraten. Oder wir hatten einfach Pech und nur solche Berater angetroffen, die gerade Feierabend machen wollten.

Als ich eine Bausparkasse anrief, um einige Details zu klären, sagte der Angestellte am anderen Apparat mit vollem Mund zu mir, ich sollte den Vertrag durchlesen, da stehe alles drin!

Wofür werden die bezahlt? „Fürs Kuchen kauen und verdauen oder für Beratung der Kunden?", dachte er wohl.

Ich habe bis heute keine wirklich schöne Antwort darauf gefunden.

Es gibt bestimmt Berater, die das mit Bravour tun, nur habe ich keinen davon angetroffen. Und ich habe keine einzige Frau am Telefon gehabt ...
Banker-Frauen wo seid ihr?
Dieser Hilferuf wurde erhört. Gott sei gedankt.
Schließlich fanden wir eine Bank (die nennen wir einfach S Bank), in der eine weibliche, fachkompetente, überaus intelligente und nette Beraterin arbeitete. Mit ihr konnten wir wunderbar verhandeln, feilschen, diskutieren, kalkulieren und letztlich einen Abschluss tätigen.
Somit war das Problem des Kaufens erledigt.
Gott sei gedankt!

Schön, dass es Frauen in allen Berufen gibt!!

6. Kapitel

♀♀!
Renovierung

Der Kauf war über die Bühne, Gott sei (ein weiteres Mal von hunderttausend Mal DANKE) gedankt!

Nach einem Monat konnten wir das Objekt übernehmen, wie geplant, mit unserer Firma umziehen und wieder eröffnen.
Wir hatten nun Platz für mehr als 400 Autos.
Der alte Platz konnte gerade mal 40 Autos aufnehmen! Also eine riesige Verbesserung! Endlich hatte ich eine große Veränderung geschaffen.
Hartnäckigkeit lohnt sich eben doch!!

Und... Juhu ... Unser erstes, gemeinsames Haus. Werner und ich im eigenen Häuschen! Ich war ganz aus dem Häuschen. Wie romantisch!
Nur ein paar „Kleinigkeiten" waren zu renovieren, und wir hatten alles, was wir bzw. was ich wollte.
Ein paar Tage später nach dem Kauf, sind Werner und ich zum Übernachten in das Haus gegangen. Wir wollten feststellen, wie es im Alltag dort ist und was wir umbauen können, so dass wir uns wohl fühlen. Jessy durfte als Aufpasserin selbstverständlich mit!

Mit einer Luftmatratze, Schlafdecken, ein paar Kerzen, einer Flasche Wein, Baguette, Käse, Oliven und Zigaretten, mit dem Nötigsten halt ausgerüstet, überlegten wir in aller Ruhe, was wir, besser gesagt, ich, verändern wollten.
Das romantische Häuschen im toskanischen Stil hatte am Eingang diese wunderschöne halbrunde Treppe, die Tür war aus Holz und man konnte sie vom Stil her durchaus lassen.
Im Eingangsbereich war ein kleiner Flur, der zu einem größeren Flur führte. Rechts war gleich das WC und eine Treppe zum Obergeschoss. Weiter rechts ging es in die offene Küche mit Esszimmer, die sehr großzügig geschnitten war. Die Küche war mit einem Tresen versehen, sodass man direkt ins Esszimmer sehen konnte und das Essen über die Theke reichen kann. Nach dem Esszimmer kam noch eine Tür und die ging direkt ins Badezimmer. Wieder zurück zum Eingang, nun dieses Mal nur nach links, ging es direkt zum Wohnzimmer.
Das Wohnzimmer hatte eine große Terrassentür aus Glas raus Richtung Garten und überdachter Terrasse!
Im Obergeschoss befanden sich zwei große Dachschrägenzimmer. Das links liegende Zimmer war sehr sehr groß. Nach meiner Schätzung (Frauenschätzung) war es bestimmt 70 qm groß, das zweite Dachschrägenzimmer war etwas kleiner.
Also fantastisch von den Möglichkeiten!

Gut ausgerüstet für die Überlegungen, was wir ändern und was wir nicht ändern wollten, machten wir es uns bequem und öffneten erst einmal die Flasche Wein und zündeten die Kerzen an.
Romantisch!!!!!!
Was können wir verändern und was bleibt, los ging es!
Bleibt das Badezimmer da wo es ist, oder ist es dort unpraktisch? Die Treppe ist zwar noch in Ordnung, aber gefällt Sie uns auch? Ist die Kücheneinrichtung schön? Oder doch lieber eine Neue? Gefällt uns die Verbindung mit dem Esszimmer? Wir müssen ja da durch um ins Bad zu gelangen. Die Dachschrägen weiter nach hinten versetzen, um mehr Platz im Dachgeschoss zu bekommen oder sie einfach so lassen? Neue Fenster einbauen oder doch lieber noch ein paar Jahre warten? Stromleitungen erneuern oder auf Risiko leben? (Sie waren um die 50 Jahre alt) Na ja, man hört ja so einiges über alte Stromleitungen. Ein Feuer oder einen Kurzschluss wollte ich nicht riskieren.
Nach dem ersten WC Besuch an diesem Abend war dann für mich klar, das geht ganz und gar nicht!

Das geht überhaupt, gar gar nicht!
Aber auch gar nicht!
Wirklich nicht!

Die Fliesen müssen raus!!!!!

Hilfeeeeeeeeeeeeeeeee, dunkel marmorierte, kackbraune Fliesen aus den 60-ziger Jahren? Schreck! Da kann ich keine meiner Freundinnen aufs Klo (Übersetzung: WC) lassen.
Nie und nimmer! Da müsste ich mich ja total schämen. Und das Schlimmste ist die WC-SCHÜSSEL, iiihhhgitt, das geht gar nicht! Die ist ein halbes Jahrhundert alt und mit sämtlichen Resten jedes Besuchers, der mal dort war! Ich mag es mir gar nicht näher vorstellen….
Oh Gott, würg!
Leider schon passiert! Herpes lässt grüßen und Kots-Anfälle auch.

Die ersten Bestandsaufnahmen liefen und die Flasche Rotwein machte es uns leichter, alles zu beschließen und zu ERTRAGEN.
Beziehungsweise für Werner, denn ich wusste ja jetzt schon, was ich wollte und was ganz dringend erneuert werden musste!
Am nächsten Morgen war ich voller Pläne und Werner voller Angst und Bang!
Ich würde sagen, Werner hatte allen Grund Angst zu haben. Er hatte ja nicht einen Hauch von Ahnung, was mir da so im Kopf rumging …
Kopfkino lässt grüßen!!!!
In diesem Moment ratterte bei Werner der Kopf und er rechnete alles so im GROBEN aus und wurde kreidebleich im Gesicht.

Am liebsten wäre es ihm gewesen, ich hätte keine so großen Augen gemacht und mit all der Phantasie wie es in Zukunft aussehen kann. Na ja, da musste er nun einfach durch.
Wenn wir jetzt schon ein gemeinsames Heim haben, dann muss es perfekt werden und ich möchte richtig angeben damit, vor all meinen Freundinnen. (Ihr wisst schon wegen des WC´s und so)
Und schließlich war ich ja der Chef, was das Häusliche angeht!

Gesagt getan, die Renovierungsarbeiten gingen los.
Nun telefonierte ich erst mal den ganzen Vormittag als Chefin der Renovierung.
Wie schnell sich so was drehen kann, grins!!
Ich fragte Bekannte und deren Bekannte, ob sie Handwerker kennen und mir empfehlen können. Jetzt ging es mir so wie Werner. Ich war nur am Telefon :-)
Was für ein wunderschönes Gefühl, mhhhh.
Endlich das Zepter voll in der Hand zu halten und alles zu managen.
Jessy saß ganz ruhig unter meinem Schreibtisch und hörte wie Frauchen plant und lustig locker Geld ausgab. So gelassen war ja Werner leider nicht! Aber das war in diesem Moment nicht mein Problem.
Als alles geplant war, wer welche Renovierungsarbeiten tun kann, ging es auch schon los.

Die meiste Freude jedoch hatte ich bei Planungen des Materials. Welche Fließen für das WC, welche Lichtschalter, welche Farbe für die Wände, was für eine Küche mit wie viel Schränken und so weiter. ...

Uihh, da gingen viele Weinflaschen und Abende drauf! Aber es war lustig.

Das Feinste vom Feinsten wollte ich.
Terrakotta fliesen, neues Badezimmer mit Glasdusche, eine neue Küche, neues WC (Übersetzung: Klo), und so einige Sachen.
Ja, dann war ja noch die elektrische Geschichte! Die wurde selbstverständlich auch erneuert.
Und Terrakottaboden musste einfach sein. Wer ein Terrakottaboden selbst zu Hause hat, weiß wovon ich rede! Eine absolut mega aufwendige Sache!
Ich fand einen Händler, der die beste Qualität von Terrakottaböden hatte und der auch gleichzeitig den Boden selbst einbauen konnte. Das ist prima, denn es gibt sehr sehr wenig Menschen die Terakottafliesen verlegen können.
Nun, das war einfach alles in Allem nur prima.
Der erste Schritt war, die Fliesen (Natursteine und nicht alle gleich von der Struktur und Höhe) zu verlegen.
Nach circa zwei Tagen der Trocknung konnte man den Boden an der Oberfläche bearbeiten, sprich Versiegeln. Erst danach kann man verfugen, und erst dann ist der Boden begehbar.

Alle Fliesen waren nun frisch versiegelt und es dauerte nur noch eine Nacht und man könnte Verfugen!
Voller Stolz wollte ich meiner Freundin die neuen, edlen Terrakottafliesen zeigen.

WIR DURFTEN JA ABER NICHT REIN! Mhpmffff.
Sie waren ja frisch versiegelt, aber noch nicht verfugt, wie gesagt.

Kurz davor wurden die neuen Fenster eingebaut. Ich zeigte meiner Freundin von außen durchs Fenster die Fliesen. Beide waren wir neugierig, wie die andere reagieren würde.
Ich wollte wissen, was sie zu dem neuen tollen Boden sagt. Sie war sehr gespannt und neugierig auf diesen wahnsinnig schönen, edlen und teuren, neuen Terrakottaboden!
Also wie gesagt, wir drückten beide voller Neugierde die Nase an dieses Fenster.
Puffffff, kratsch, bumm………………………………
Mein Herz blieb vor Schreck stehen!
„Himmel Maria!", shit was war denn da passiert?
Das gesamte Fenster, also wirklich das ganze Fenster samt dem Rahmen, lag nach diesem Krach brettelbreit (Übersetzung: sehr, sehr breit) auf dem neuen schönen und vor allem teuren Terrakottaboden, der ja noch nicht vollständig ausgetrocknet war! Dummerweise bin ich davon ausgegangen,

dass unsere Handwerker sauber arbeiten und alle Fenster fix und fertig eingebaut waren.
Shit, shit, shit

Unser begnadeter Handwerker hatte aber gerade dieses eine Fenster eben nicht fix und fertig eingebaut. Sondern nur in den Rahmen rein gestellt!!!!
NUR in den RAHMEN GESTELLT!!
Wie blöd kann man denn sein????
Damit rechnet ja auch wirklich keiner, oder?
Das passiert auch noch ausgerechnet mir! Himmel, Zwirn und Hosenscheißer (Übersetzung: möchte ich nicht übersetzen)!!!
Nun ging die ganze Chose (Übersetzung: dumme Geschichte) wieder von vorne los, zumindest diese Fliesen betreffend, die vom Fenster getroffen waren. Das waren immerhin sagenhafte fünf Stück.
Wieder zwei Tage nach dem Verlegen trocknen und dann nach Versiegelung wieder zwei Tage trocknen lassen, dann ein Tag verfugen. Ob zwei oder fünf Fließen oder der ganze Boden, es dauert insgesamt fünf Tage, die unser „Besichtigungstermin" uns dann kosteten.
Und das alles nur, weil ein Handwerker ein Fenster nicht fix und fertig eingebaut hatte und wir davon nichts wussten. Mmpppfhhhhhhhhhh!!
Handwerker! Ganz toll gemacht, grrr.

Gott wurde Werner in der Zeit der Renovierung ruhig. Er kam auch immer später von der Arbeit nach

Hause. Jeden Tag wurde es bei ihm später und später.
Und ich arbeitete neben dem Autohandel ebenfalls bis spät in die Nacht an unserem Haus. Aber mit mir sprechen wollte er nicht mehr so wie früher!
Komisch!
Vor lauter Arbeit und Freude am Haus war ich aber so sehr abgelenkt, dass ich mir nicht weiter Gedanken darüber gemacht habe oder ihn einfach mal darauf angesprochen habe.
Alle um mich herum waren neugierig, wie das Haus wird, und ganz viele haben mir auch mit vielen Sachen geholfen.
Der eine hat meinen Hund Gassi geführt, der andere hat ungefragt Ratschläge abgegeben, wiederum ein anderer sagte mir dauernd: „Das hätte ich anders gemacht und da hätte ich beigefarbene Schalter genommen."
Meine Freundinnen hingegen hielten zu mir und wussten auch genau, dass es besser ist, keine ungewollten Ratschläge zu erteilen!
Und wer mich gut genug kennt, gibt mir keine „Besserwisser Ratschläge"!
Nur um des Friedens willen.

Nach einem guten halben Jahr war es nun endlich soweit!
Das Haus war fast vollständig erneuert und wunderhübsch.

Es gab zwar noch ein paar weitere kleine Missgeschicke, aber das ist halt so, wenn man ein Haus renoviert! Das wäre eine eigene Geschichte, die alle, die schon mal ein Haus renoviert haben oder neu gebaut haben, nur allzu gut kennen!

Mein WC war nun sehr, sehr schick. Weiße Fließen mit einer wunderschönen Bordüre auf Augenhöhe (also so circa. der Frauenschätzung nach 170 cm hoch) und selbstverständlich einer neuen Kloschüssel und neuem Klodeckel (Übersetzung: Toilettensitz) mit Venus-ähnlichem -charakter.
Jaaaaaa endlich, so konnte ich meinen Freundinnen mein Klo empfehlen!
Ein Schwedenofen im Wohnzimmer, das war das Finish der Renovierungen. Das Highlight, der Schwedenofen, brachte meinen Bekannten und Kollegen vor lauter Neid eine grüne Farbe ins Gesicht, grins! Ach, tat das gut.
Ebenso die neue Küche, die alle Raffinessen hatte, die man sich vorstellen kann! Angefangen vom Backofen in Augenhöhe und Drehschänke in den Ecken. Platz ohne Ende für jeden Krimskrams. Die Schubladen schlossen sich von ganz alleine, wenn man sie anstubste.
Das Badezimmer hatte ebenfalls neue, grau veredelte weiße Fließen und eine Glasdusche! Ein Spiegelschrank mit einer Breite von mindestens 2 m war auch dabei.

Die Treppe hatten wir komplett erneuert mit edlem Kirschholz und Verzierungen an den Handläufen. Die Dachschrägen im Obergeschoss wurden vergrößert und ein neues zusätzliches Fenster wurde eingebaut.
Die Farben an den Wänden des Hauses wurden ebenfalls im toskanischen Stil gehalten.
Das Wohnzimmer war nun orange, der Flur in hellem, zartem Gelb gehalten, Esszimmer und Küche in leichtem Kakao, Schlafzimmer kobaltblau mit Raffinessen in der Tapete (gestreifte untere Hälfte, so ca. Frauenschätzung 120cm), Gästezimmer wurde mit einer toskanischen Tapete verziert (Geschnörkel mit beige und orange Tönen durch und durch).

Herrlich!!!
Das Haus war einfach nur herrlich geworden!
Mein Herz war glücklich über die geglückte Renovierung!

Ich lud voller Freude ganz viele Freunde und Bekannte zu einem Einstandsessen zu uns ein.

Es gab Ente mit Blaukraut und Semmelknödel.

Alle durften das Haus begutachten und bestaunen. Sie liefen mit einem Glas Wein in der Hand herum und beglückwünschten Werner zu seinem Haus und zu seiner hübschen und tollen Freundin. Mir ging das runter wie Öl nach diesen harten Renovierungstagen, Monaten.....

Vor allem aber, weil alles so geworden war, wie ich es mir vorgestellt hatte. Teilweise sogar noch besser.
Es war alles in Allem sehr gut gelungen, ein Stil aus Italienischem und Neu modernem der 90er Jahre. Verschiedene Stilrichtungen, die aber sehr gut harmonierten mit ausreichend Platz um alles zur Geltung zu bringen.

Alles schien gut!
Und doch ....

7. Kapitel

♀♀♀

Singlestatus

Es war einfach alles doch viel zu viel für unsere Beziehung.
Das gemeinsame Arbeiten in der Firma, die Renovierung und noch so einiges, was einfach nur nebenher lief. Obwohl wir uns liebten.
Ich glaubte immer, mit Werner würde ich STEINALT werden.

Wir benahmen uns ganz schön grässlich zueinander.
Jeder behauptete, dass er mehr arbeitete.
Keiner wollte mehr Zugeständnisse machen, dem anderen helfen oder Mitgefühl zeigen.
Jeder nahm nur und keiner gab mehr.

So kann keine Beziehung funktionieren.

Also, wollten wir uns eine Beziehungsauszeit gönnen.
Das allerdings ging aber so was von kräftig in die Hose!

Von dieser sogenannten Auszeit kann ich nur jedem Paar abraten. Eigentlich ist es nur ein Synonym für: „Trennung für immer".
So war es auch in unserem Fall.
Trennung für immer!

Jeder meinte, etwas versäumt zu haben, nach den ganzen zehn Jahren Beziehung, die wir hatten.
Aber dem war, von meiner Seite aus, nicht ganz so.
Ich brauchte keine Erfahrungen mit anderen Männern.
Werner jedoch war es wohl zu langweilig gewesen, zehn Jahre mit ein und derselben Frau zusammen zu sein.
Mit dem Lebensgefährten auch noch zusammen zu arbeiten, ist ganz schön schwierig! Privates und Geschäftliches zu trennen ist eine Kunst, die nicht jeder kann. Wir konnten es nicht!

Nach allem hin und her, war es besser, sich zu TRENNEN. Nach zehn Jahren! Heul … ……
Ich suchte mir eine Wohnung und nahm meine liebe, treue Hundedame Jessy mit.

Mann, es war nicht einfach, dieses wunderschöne Haus, das ich mit all meinen Kräften und Vorstellungen renoviert habe, einfach so zu verlassen!
Das war wirklich zum Heulen!
Alles umsonst! Kotz……………

Innerhalb kürzester Zeit hatte ich eine kleine 60 qm Wohnung in der Nähe gefunden.
So kleeeeeeiiiiiiiinnnnnnnnn............ ganze 60 qm, ohne Schwedenofen, *ohne* mein schön renoviertes WC, ohne meine neue Küche, ohne meinen schönen Terrakottaboden, *ohne* den schönen Eingang mit der Rundtreppe, *ohne ... ohne ... ohne*.......aber mit meiner geliebten Jessy!

JETZT WAR ICH SINGLE.

Wisst Ihr was das heißt?? SINGLE zu sein?
Es gab Menschen der männlichen Gattung, die mich überhaupt nicht interessierten, aber bei denen man meinen könnte, mir sei auf die Stirn geschrieben: *„SINGLE - IHR KÖNNT MICH POPPEN"*.
Da ich ein guter Mensch bin, wollte ich die Männer, die den Mut haben, eine Frau anzuflirten auch nicht böse abweisen, denn das brachte ja schließlich gar nichts. So würden sie sich ja nie wieder trauen eine Frau anzusprechen und das ist wahrlich nicht mehr selbstverständlich. Viele trauen sich einfach nicht, schade!
NEIN! Denn für diese Wesen (die glaubten auf meiner Stirn zu lesen – SINGLE – IHR KÖNNT MCH POPPEN) war eine Abfuhr schlichtweg eine Notwendigkeit!
Es lief dann darauf hinaus, doch eine harte Abfuhr zu erteilen, anders blickten sie das leider nicht.

Und wieder mal musste ich als „Chefe" hin stehen und die Oberhand behalten, dachte ich.

Uihh, das sind Erfahrungen, auf die man locker verzichten kann, als Single.
Aber das blieb mir im Leben wohl nicht erspart, tsssss!

Dann gab es da noch die männlichen Artgenossen, die gleich eine richtige Beziehung führen wollten, weil sie dachten, sie hätten ein gewisses Alter dafür.
Es stand bei Ihnen auf der Stirn geschrieben:„TORSCHLUSSPANIK".
Gut, ich war auch schon 29 Jahre alt, aber deswegen hatte ich doch noch alle Zeit der Welt, dachte ich. Schließlich war ich ein begehrtes Objekt.
Ich war hübsch (und bin es immer noch), hatte keine Kinder, war intelligent, verdiente gut und ich hatte meinen eigenen Kopf. Ich gab also Schlichtweg eine gute Heiratskandidatin ab – das dachten sich auch die Jungs.

Nach einem halben Jahr Übung in Abwehrmanövern (dies schien mir besser als in jeder Bundeswehrausbildung), wollte ich gar keine Männer mehr, ich gab es auf!
Abwehrmanövertaktik nannte ich dabei einige Möglichkeiten sich Männer vom Hals zu halten.
Z.b.: Wenn mich ein Mann in einem Kaffeehaus anschaute und mit mir flirtete, musste ich einfach su-

per böse zurückschauen, oder mich einfach blöd anstellen und sagen: „*Habe ich einen Popel an der Nase, weil du mich so anschaust?*".
Eine weitere Variante war diese: Einfach an einem Nachbartisch eine Frau ansprechen und so tun als wäre man lesbisch. Ach, da gab es noch jede Menge Möglichkeiten, aber ich will ja keine Ratgeberin für Abwehrtechniken sein.
Fazit: Männer können so anstrengend sein, phuuu!.

Vielleicht war ich ja lesbisch? Oh Gott, Hiiiiiiiilfe!
Nein, das konnte auch nicht sein.
UNMÖGLICH dieser Gedanke!
Ganz unmöglich!
Völlig unmöglich!
Total unmöglich.
Gänzlich unmöööööglich, arghhh!
Was hatte ich jetzt auf einmal für seltsame Gedanken?

Mein Gehirn suchte nun alle möglichen Ausreden, was mit mir los sein könnte:
„*Muss ja auch eine Menge noch verarbeiten*"
„*Zehn Jahre schluckt man nicht einfach weg*"
„*Ich arbeite ja schließlich auch noch bei Ihm in der Firma*"
„*Die Zeit heilt alle Wunden*"
„*Alle in meinem Alter sind verheiratet und haben Kinder*"
„*Oh Gott, ich bin nicht NORMAL*"

„Shit, ich bin eine Versagerin"
„Ich bin zu dick"!
„Ich bin nicht attraktiv genug!"
„Mei bin ich blöd!" (Übersetzung: Oh je ich bin nicht intelligent)
„Welche Gedanken kreisen hier in meinem Gehirn!"

Das Schlimmste aber an der alltäglichen Geschäftssituation war, dass Werners neue Tussen (Übersetzung: Frauen, Mehrzahl von Tussi) immer wieder auf dem Geschäftsapparat anriefen und wenn ich ans Telefon ging, legten Sie auf!
Mann, hatten die Frauen einen CHARAKTER!!!!
Frauen, was ist los mit euch?

Eines Tages überredete mich mein Bekannter (der Wilhelm, ebenfalls Single aber jede freie Sekunde auf der Suche nach etwas Weiblichen), mich im Internet als Männersuchende anzumelden. Sei ja alles anonym, ich brauche mir also keine Sorgen zu machen ob das irgendjemand von meinem Geschäft mitbekommt!!
Okay, das stimmte ja. Keiner bekam es mit.
Wirklich und Gott sei gedankt, *KEINER*!

Nach dem ersten Tag der Anzeige waren schon fünf Nachrichten auf meiner Mailbox. Wow, das war cool, alle wollten mich! Also waren wohl alle meine Ängste völlig umsonst gewesen, phuuu.

Ich bin noch nicht zu alt und das Sprichwort: „Entweder sind die Männer besetzt oder beschissen" stimmte also auch nicht! Glück gehabt!
Voller Freude und Euphorie beantwortete ich jede Nachricht. Das dauerte erst mal!
Frau muss sich ja auch überlegen, was sie wildfremden Männern schreibt, die einen nur über das Profil kannten?
So viele Verehrer..., juhu, trällern, pfeif, quitsch, glücklich. Und ich sang so nebenher: *„Es ist noch nicht zu spät für mich! Welch eine hoch jauchzende Zeit. Es ist noch nicht zu spät für mich"*

Leute, ich kann euch sagen, das artete richtig in Arbeit aus, sodass ich schon die Namen und die Geschichte der jeweiligen Kandidaten total durcheinanderbrachte.
Mmhhh, das war nicht gut - und vor allem peinlich.
Also konzentrierte ich mich auf ein bis maximal drei Zuschriften. Das Dumme dabei war, alle Zuschriften waren leider ohne Bilder. Komisch, oder?
Wenn ich mich dann aber für einen Mann näher interessierte und ein Bild per Mail verlangte und das auch bekam, gefielen Sie mir leider überhaupt gar nicht, also wirklich gar nicht. Jedes Mal dachte ich mir: Kein Wunder, dass der Typ kein Bild ins Internet stellte, sonst würde er ja nie und nimmer eine Frau abbekommen!
Gemein, ich weiß. Aber das war leider die Wahrheit!

Es waren wirklich keine Männer nach meinem Geschmack dabei. Aber wirklich auch gar keiner! Habe ich denn so einen hohen Anspruch?
Ein Brad Pitt musste es nicht sein, aber so ähnlich wäre schon ganz toll!

Huch ... (Übersetzung: erschrocken):
Endlich meldete sich ein ganz netter Mann, zumindest nach dem, was er schrieb.
Der Nette aber konnte angeblich kein Bild schicken. Er hätte kein Aktuelles und ein zehn Jahre altes Foto kann er mir nicht schicken???!??
In meinem Kopf entstanden ganz viele Fragezeichen. „Nun gut, lassen wir uns mal überraschen", dachte ich mir.

Mit dem „NETTEN" verabredete ich mich zu einem Blinddate. *„Wer nicht wagt, der nicht gewinnt",* dachte ich mir in meiner überaus großen Naivität.

DAS ERSTE BLINDDATE IN MEINEM LEBEN!

Wir machten aus, dass, wenn einem der andere nicht gefällt, man zumindest übers Handy anruft und das Date absagt.
Wir trafen uns in der nächsten größeren Ortschaft, um möglichst anonym zu bleiben.
Als ich Sigmund, so war sein Name, sah, war ich doch etwas erleichtert, dass er nicht hässlich, dick und klein war. Denn kleiner zu sein als ich ging gar

nicht. Hübsch war er jedoch auch nicht! Zumindest nicht nach meinem Geschmack.
Er war genau so groß wie ich, 174 cm, hatte dunkle, lichte Haare, eine spitze Nase und einen spitzen Mund mit krummen Vorderzähnen. Er war gut gekleidet und hatte, nicht zu vergessen, MÄDCHENHÄNDE! Mädchenhände sind schmale, zarte Hände mit langen, zarten Fingern! Es fehlte nur noch die Maniküre an den Nägeln!
Ich weiß nicht, ob er damit überhaupt einmal irgendetwas Handwerkliches oder so ähnliches gemacht hat. Sein Beruf war Polizist, wie er mir ganz schnell verriet! Und genau so benahm er sich. Wie ein Polizist! Spitzfindig und immer bedacht, sich korrekt zu verhalten. So wie es aussah brachte mein Aussehen ihn um die Fassung. Er war sozusagen fasziniert von mir und zeigte das dann auch immer deutlicher, je später es wurde.
Wir unterhielten uns eigentlich ganz gut, dafür, dass wir uns wildfremde Menschen waren. Aber wie gesagt, er wollte mehr und ich nicht!

Oh Gott oh Gott, grrrrrr...........

So hatte ich mein erstes Blind date leider auch für immer verabschiedet.
Es war eine weitere Erfahrung, ja das war sie!!
Das werde ich aber so schnell auch nicht mehr machen wollen.
Das war mir nun absolut klar!

Dann, eines Tages, kam ein neuer Mann auf mich zu. Also wirklich ohne Internet. Ganz alltäglich im richtigen Leben. So wie früher halt.

Er war 43 Jahre alt, gut aussehend, ein Verkaufsgenie, geschieden und hatte ein erwachsenes Kind. Sein Gesicht war markant geschnitten, und er hatte volles braunes Haar, sinnliche, volle Lippen und wunderschöne blaue Augen. Sein Körper war gut gebaut, aber nicht muskulös - und er war viel größer als ich, geschätzte 1.80m (Frauenschätzung – ihr wisst, das kann auch daneben liegen). Das ist super, wenn ein Mann so groß ist, welch ein Genuss. Als Verkaufsgenie konnte er sich auch wunderbar verbal ausdrücken und die schönsten Komplimente machen. KOMPLIMENTE, jauchz.

Und dieser Mann wollte NUR MICH, man stelle sich das mal vor!

Nur mich, wollte er. Iiiiiiiich war begeistert und dachte, ich sei auch verliebt in ihn.

Also ließ ich mich auf das Abenteuer ein.

Er war ein vollkommener Mann, er schickte mir per Fleurop Blumen, zahlte bei jedem Essen die Rechnung, gab mir Feuer für meine Zigaretten, half mir in den Mantel, und so weiter und so weiter....Ein vollendeter Gentleman eben.

So wie man sich halt einen richtigen Mann vorstellt.

Ist das nicht der Traum jeder Frau? So ein Exemplar zu Hause zu haben? So einen Mann als SEINEN

Mann zu bezeichnen! Sich jeden Tag verwöhnen zu lassen! Sich als vollkommene Frau zu fühlen?

Nach zwei Wochen gestand er mir, ich sei die große Liebe seines Lebens. Er fragte mich, ob ich ihn heiraten will. HEIRATEN!
ER LIEBT ALLES AN MIR. Wirklich ALLES!
Meinen Dickschädel, meine Gereiztheit nach der Arbeit, meinen Hundi, mein Aussehen, meine Einstellung.
Wow, ich sank fast zusammen vor Verblüffung und stellte mir vor, was das für eine Aussage ist. Genau, als ich mir das vorstellte, wurde mir schwindelig, aber nicht vor Erregung und Freude, nein vor
PANIK!
Um Gottes Willen, was sagte er da gerade?
ER LIEBT MICH!
Mein Gehirn sagte im Telegrammstil: *„Nichts wie weg, Sybille"*
Mein altes Muster kam zum Vorschein! So ähnlich wie bei dem Film „Die Braut die sich nicht traut"!
Mein Herz sagte: *„Oh je, der Arme! Aber genau das wolltest Du doch immer!! Einen Mann, der dich liebt!"*
Mein Gehirn aber konterte: *"Hau ab, bevor es zu spät ist!"*
Mein Herz aber sprach: *„Dein Traum geht in Erfüllung, freu dich endlich, du dumme Kuh!"*

Mein Gehirn hielt dagegen: "*Quatsch, es gibt Männer wie Sand am Meer, schau dass du deine Beine in die Hand nimmst und rennst!*"
Mein Herz aber stritt weiter: „*Du kannst alles tun bei Ihm, er liebt Dich so, wie du bist!*"
Mein Gehirn aber gab nicht auf: „*Hör endlich auf, so einen Scheiß zu reden, Herz!*"
Ich zu sagte zu meinem Gehirn und zu meinem Herz: „*Schluss jetzt! Ihr macht mich völlig fertig!*"

Ich war schlichtweg sprachlos! In meinem Innersten erschüttert.
Meine Knie zitterten, als wollten sie ein Konzert geben. Ich befürchtete, er hörte das und meinte, dass meine Knie vor lauter Glück so zitterten. Wie gesagt, ich war sprachlos! Also hielt ich einfach meinen Mund.
Der vollkommene Mann aber nahm dies als Zustimmung und küsste mich, als wäre es das letzte Mal. Als er endlich von mir abließ und ich wieder nach Luft schnappen konnte, wusste ich, dass ich jetzt sofort handeln musste. Jetzt sofort! Aber was sollte ich denn machen????
Einerseits wollte ich schon immer so einen Mann, andererseits *aber nicht ihn!* Ich sagte an diesem Abend nichts. Ich wusste einfach nicht, wie und was ich sagen sollte. Ich musste mir erst einmal in Ruhe einen Plan zurechtlegen.
Als wir zu mir nach Hause kamen, wollte er natürlich mit mir schlafen!! Geschlechtsverkehr! Poppen!

Na super!
Irgendwie kam ich drum herum! Es kostete viel Kraft und Einfallsreichtum. Aber als Frau geht das schon! So ähnlich, wie: " *Ich habe Migräne*" oder *„ Ich habe meine Tage"*.
Aber noch mehr Kraft kostete mich das Schnarchen, als er dann endlich einmal neben mir einschlief.

Ich HASSE SCHNARCHER!

Das war auch so ein Grund, warum ich mit diesem Mann niemals eine Ehe oder so etwas Ähnliches eingehen konnte. Das ist natürlich ein kleiner Bereich, aber auch sehr wichtig. Und weil mein Herz einfach nicht so verliebt für ihn schlug, wie es eigentlich sein sollte. Das erkannte ich ganz deutlich in jener Nacht, in der er so fürchterlich schnarchte. Sein Schnarchen war ohne jeden Takt. Mal ganz laut, dann wieder atmete er durch die Lippen aus, wie ein Pferd das schnaubt. Dann vermischte sich beides und auf einmal war Ruhe, so dass ich schon dachte, er lebt nicht mehr. Jedes mal dachte ich, ich habe jetzt den Rhythmus von Ihm raus und kann einschlafen, dann kam ein gaaaanz lauter Seufzer von ihm und es ging in einem anderen Rhythmus weiter, grrrrrrr......
Das kann einen zur Verzweiflung bringen.
Es gab keinerlei Möglichkeiten, ihm NICHT zu zuhören, wie er schnarcht. Ab dem Moment be-

wunderte ich jede Frau, die einen Schnarcher zu Hause hat und es mit ihm aushält.

Wie halten die Frauen das aus????

Ich jedenfalls nicht. Mir reicht es schon, wenn mein Hund ab und zu schnarcht, nur das hält sich in Grenzen. Dann mache ich einfach die Tür zu meinem Schlafzimmer zu. Einen Mann kann ich ja nicht vor die Schlafzimmertür schicken! Oder doch?

Total erschlagen von dieser Nacht versuchte ich, meinen Arbeitstag irgendwie zu überstehen. Es wurde mir aber wahrlich nicht einfach gemacht. Werner – nun mein Ex - war auch sehr gereizt und die Kundschaft war nicht die freundlichste.

Nach neun Stunden Arbeit kam ich total erledigt nach Hause und rief meine beste Freundin Iris an, um mir bei ihr Rat zu holen.
Ich wusste eigentlich schon, was sie sagen würde. Aber wenn man es nochmal hört, vertieft es sich in der Seele besser.
Wie ich schon dachte, kam genau das, was ich eh schon wusste. *„Verlass ihn. Du fühlst nicht so wie er; Jetzt tust Du ihm noch nicht so weh, wie wenn Du Ihn noch eine Weile hinhältst.*
Sei authentisch, Sybille."
Das war schon alles korrekt, nur so etwas durchzuführen ist nicht so einfach. Ich bin doch ein herzensguter Mensch. Ich mag anderen Menschen

nicht weh tun. Vor allem Menschen, die ich gerne habe. Kurz gesagt: Ich musste aber über meinen Schatten springen und mit ihm Schluss machen!

Also verabredete ich mich mit ihm zum Essen und sagte aber schon im Voraus: *„Schatz, ich muss mit Dir reden."*
Er wusste, was ich ihm zu sagen hatte und machte mir die Sache leichter, indem er selbst redete.

Somit hatte die Sache sich schneller erledigt als ich annahm.

Phuuuu, wieder einmal Glück gehabt und doch wieder Unglück.
Ich stand wieder alleine in der großen Weltgeschichte!
In solchen Momenten verfluchte ich mich immer wieder.
Warum hat das mit Werner so ein blödes Ende genommen?
Wahrscheinlich kann ich mich deswegen nicht mehr verlieben, weil ich ihn immer noch liebe? Irgendwie, auf eine Art und Weise, wie es alte Paare tun. Kein Flattern im Bauch, aber tiefe Gefühle im Herzen.
„Quatsch", dachte ich. *„Ich finde schon noch einen, der mir wirklich gut gefällt."*
Schließlich hatte Werner sehr viele negative Seiten, die mich immer schon gestört haben.
Also überlegte ich, was ich als Nächstes tun konnte, um mich abzulenken und neu zu finden.

Die beste Idee, die mir kam, war einfach mal weg zu gehen.

AB IN DEN URLAUB!

Ein bisschen Abstand von der ganzen Geschichte tut mir gut. Nur wohin?
Alleine in den Urlaub gehen? Das kenne ich nicht! Ich bin immer mit einem Freund oder mit meinen Freundinnen im Urlaub gewesen, aber noch gar nie alleine.
Also, was kann man alleine tun, um sich nicht blöd zu fühlen und die anderen Pärchen zu beneiden? Ein wenig im Internet gesurft, und ein paar kreative Ideen meiner Pärchen-Freunde brachte mich dann schließlich auf Dänemark.
Na, da war ich noch nie! Dann mal auf und hin!
Neue Wege zu gehen tut nach einer Niederlage immer gut.
Das brauchte ich für mich – etwas Gutes!
Ein eigenes Häuschen mieten und am Strand spazieren, das hörte sich sehr verlockend an. Aber das Beste an der Idee war, dass ich dort mein Buch wunderbar ohne Ablenkung weiter schreiben konnte.
Gesagt, getan!
Der Urlaub wurde gebucht, besser gesagt, das Haus in Dänemark. Da ich Jessy mitnehmen wollte, reiste ich mit meinem Auto selbst an.

Mei, ich war die perfekte Planerin und sehr stolz auf die Idee. Auf meine Idee!

Die Idee hieß: Hemingway-Urlaub!
Mein Leben neu schreiben, wie einst Hemingway!

Schließlich ist er einer der größten Schriftsteller und was er konnte, kann ICH auch!
Ja genau, das ist es!
Die Vorbereitungen liefen.
Haus wurde gebucht. Das Auto war beladen.
Und los ging die Reise.

8. Kapitel

♀♀♀

Die Reise nach Dänemark

Der Erste Tag

Alle sagten, die Fahrt nach Dänemark würde zwischen zehn und elf Stunden dauern.
Mist mmhhpppffff. Ich hatte gerade mal knappe neun Stunden gebraucht.
Ich bin natürlich auch etwas früher los gefahren als geplant, sodass ich mindestens fünf Stunden zu früh an meinem Urlaubsort ankam, um mein gemietetes Haus in Empfang nehmen zu können! Typisch! 5 Stunden!!! Ohne Unterkunft!! Total übermüdet von der Fahrt. Was sollte ich jetzt in der ganzen Zeit machen?
Mhhhh, nur nicht über mich selbst ärgern! Ich wollte ja meinen ersten alleinigen Urlaub nicht gereizt beginnen.
Also machten wir, Jessy und ich, völlig übermüdet und ein wenig eingerostet durch die lange Fahrt, eine Spaziertour mit dem Auto durch die näheren Ortschaften! Anschließend machte ich mit Jessy noch eine kleine Dünenwanderung und habe mir in

Ruhe den Häuserstil von Dänemark angeschaut. Es war wunderschön.
Die Häuser haben Reetdächer und wunderschöne, große Höfe. Die Anwesen waren riesig. Mit großen Einfahrten und riesigen Grundstücken drum herum.
„Es wäre aber mit Werner noch viel schöner hier", dachte ich mir im Stillen! Ich doofe Kuh, hör auf so etwas zu denken! Grrrrr..........
Mit ihm habe ich auch immer solche Touren gemacht. Nun fehlt er mir schon unheimlich, seufz. Ich konnte mir nicht vorstellen, so eine Reise mit einem anderen Mann zu tun.
Mit wem auch?
Es war immerhin meine erste, lange Autofahrt, die ich ganz alleine gemacht hatte. Ich muss sagen, ich hatte das super mit meinem neuen Auto BMW Kombi (tolles Auto mit allen EXTRAS, mhhh) gemacht. Ohne Navigation hatte ich den Urlaubsort gefunden! Da bin ich sehr stolz auf mich!

Orientierung ist leider gar nicht mein Ding!!
Deshalb bin ich wirklich mächtig stolz auf mich!

Das Einzige, was schief ging, war, dass Jessy mir ins Auto gespuckt hatte. Wahrscheinlich, weil sie am Abend vor der Abreise nochmals die Tabletten gegen Ihre Scheinschwangerschaft (Hunde bekommen das auch! Oder hat sie meinen Wunsch übernommen? Das machen doch die Haustiere manchmal, sie übernehmen die Sorgen der Herrchen und

Frauchen) bekommen hatte und dann die lange Autofahrt!

Nach der Dünenwanderung und Sightseeing-Tour war ich doch noch hungriger geworden, als ich es schon war, also gingen wir erstmals zu so einem typischen dänischen Imbiss. Ich dachte zumindest, dass das typisch dänisch sei!
Der Hotdog schmeckte nach irgendetwas, aber nach was? Ich konnte es nicht definieren!
Der Hunger trieb es rein, und es war egal, wie es schmeckte. Zur Belohnung bekam Jessy auch ein Würstchen, schließlich waren wir ja im Urlaub!
Gut gesättigt wollte ich eigentlich die restliche Zeit bis zur Schlüsselübergabe meines angemieteten Urlaubshauses nur eins - schlafen, schlafen und nochmals schlafen!
Gesagt, getan. Ich suchte mir einen passenden Parkplatz, drehte meinen Sitz des BMW´s runter und schlief den Schlaf der Gerechten.
Passend um 14.45 Uhr wachte ich auf.
Manchmal habe ich halt ein tolles inneres, intuitives Timing! Das kann man üben.
Kann man, aber ich muss es nicht üben!
Die Schlüsselübergabe für das gemietete Haus ging recht schnell über die Bühne. Gott sei gedankt.
Also, nichts wie los zu meinem Hemingway-Haus!
Juhu! Ich war total überrascht, was für ein niedliches Haus mit toller Terrasse und offenem Kamin im rustikalen Stil, es war.

Nur so sauber, wie es eigentlich sein sollte, war es nicht.
Überall war Schmutz! Igitt und das passiert ausgerechnet mir! Die Küche war nicht sauber, wie wir es aus dem Schwabenland kennen, und der Boden war auch nicht gesaugt und nicht gewischt!
Staub auf den Schränken, und die Spinnweben konnte man im Sonnenlicht nicht übersehen. Man konnte geradeso noch laufen, ohne im Spinnennetz gefangen zu werden (Habe, glaube ich, zu viele Horrorfilme gesehen).
Hier kommt doch die schwäbische Sauberkeit bei mir durch, und ich fühlte mich nicht gut hier im Haus. Überhaupt nicht gut!
Nun überlegte ich bei einem Glas Wein, ob ich den Weg zur Zentrale nochmals zurückfahren sollte, um zu reklamieren!
Als „Chefe" bin ich es gewohnt, für Dinge einzustehen, und meine Meinung laut Kund zu tun.
Doch ist es manchmal nicht einfach, das zu sagen und vor allem zu reklamieren! Mhhhh.....??!
Beim Überlegen kam ich auf die Idee, mein Tagebuch zu schreiben!

Die Schamanen sagen, man kann sein Leben neu schreiben; man muss es einfach nur tun!
Also fing ich an, mir ein paar Gedanken zu machen und schrieb das erste Wort.
„NOI!"
Das ist schwäbisch und heißt „nein".

Warum? Weiß ich nicht! Das war einfach das erste Wort, das mir einfiel.

Jessy beschnüffelte währenddessen das ganze Grundstück. Aber es blieb nicht bei dem Grundstück von uns, sondern vergrößerte sich unmerklich und schleichend auch auf das von unserem Hausnachbarn.
Jessy fand alles sehr aufregend. Sie markierte gleich mit Pipi (Übersetzung: urinieren) vor der Terrasse des Nachbars. Vollkommen zufrieden mit sich und der Welt verstand Sie gar nicht, warum ich nun mit ihr schimpfte!! Mein Hund!!!!!
Das Schönste hier war aber, dass ich drinnen im Wohnzimmer und draußen auf der Terrasse den Meeresblick hatte. Mit so einem Ausblick ist man viel kreativer. Wer hat das schon?
Das Wetter konnte mir keinen Strich durch die Rechnung machen. War das nicht schön?
Ich hatte in diesem Moment nur noch ein kleines Problem!
Ich habe vergessen, nein, nicht vergessen, ich habe mein Laken schlichtweg mit einem Bettüberzug verwechselt. Das heißt, ich habe jetzt 2 Laken und kein Bettüberzug, mmhhhh!!!
Das nervt, typisch für mich.
Wäre jetzt Werner hier, hätte er rum gemeckert, dass ich nichts im Kopf habe!!!
Aber, hi hi hi, er ist ja nicht hier!

Ich vermisste Ihn aber irgendwie schon. Es wäre ein super Urlaub für uns Zwei gewesen!
Dann wäre ich ja auch nicht alleine!
Wieder maßregelte ich mich selbst und beschimpfte mich mit „dumme Nudel". Aber es ist auch so ein suuuuuper, oder wird besser gesagt, ein suuuuppper Urlaub für mich und meinen Hund, Jessy!!!!!!!
Ich stellte gerade für mich fest, dass das Tagebuchschreiben sehr gut für mich war.
So verarbeitete ich alles, und ich kam wieder ins Schreiben rein! Ist das nicht fein??
Die Einzige, die das nicht toll fand, war Jessy!
Sie langweilte sich und war beleidigt, dass wir nicht auf Entdeckungsreise gingen! Hund halt, oder besser gesagt, Jessy halt!

Nichtsdestotrotz beschloss ich, doch noch zur Zentrale zu fahren und mich zu beschweren, außerdem brauchte ich noch einen Gartenschlauch, um die Jessy nach dem Baden im Meer zu reinigen.
Hatte bis dahin noch keinen entdeckt.
Was man aber noch vielleicht erwähnen sollte, ich hatte hier einen offen Kamin, Radio, TV, Terrasse, Grill, zwei Schlafzimmer, und, man staune, ein Solarium! Ich rieb mir meine Augen, aber es stand immer noch ein Solarium im Haus. Anscheinend ist das Wetter hier nie so toll, deswegen brauchen die Gäste ein Solarium, um wenigstens ein bisschen so auszuschauen, als seien Sie im Urlaub gewesen ...

Oh je, das waren ja nicht so tolle Aussichten, um Baden gehen zu können.
Ich beschloss, essen zu gehen. Was hier gar nicht so einfach war. Hier war eben nicht allzu viel los.
Aber auf Kochen hatte ich heute wirklich keine Lust mehr. Verständlicherweise, oder ????
Nach einem weiteren Besuch der besagt dänischen Imbissbude ging es dann zur „Beschwerdestelle".
Ich ging, gedanklich gut vorbereitet, in die Zentrale und klagte mein Leid. Freundlich, aber bestimmt.
Die ebenfalls freundliche Dame sicherte mir eine Putzfrau am nächsten Tag zu. Sehr schön!
Wieder einmal konnte ich mich beweisen!
Frauen halten doch eh am besten zusammen, nicht wahr?
Ich fuhr zufrieden und völlig übermüdet zu meinem Hemingway-Haus zurück.

An diesem ersten Abend ist soweit nichts mehr passiert.
Auf den zweiten Tag freue ich mich ganz arg!!!
Ausschlafen, ausschlafen und nochmals ausschlafen, schließlich dann irgendwann in der Sonne auf der Terrasse frühstücken!!!
Welch eine Aussicht auf meinen Urlaub.
Die Sache mit dem Solarium gab mir jedoch zu denken. Mhhh, wer weiß, ob ich es bald herausfinde, warum das in einem Ferienhaus am Meer als Ausstattung gilt.

Na ja…. Ich bin eben eine Optimistin und habe alles im Griff.
Das würde der beste Urlaub in meinem ganzen Leben werden.
Immerhin ist es Sommer und ich bin in meinem Hemingway-Haus am Strand.

Zweiter Tag in Dänemark

Da ich gestern ja recht bald ins Bett gegangen bin, hatte ich nur bis um 9 Uhr morgens geschlafen. Na ja immerhin sind das auch 12 Std. Schlaf gewesen. Aber was sind schon 12 Stunden? Immerhin hat ein Tag ja 24 Stunden! Ich bin auf jeden Fall mit der Sonne im Gesicht aufgewacht und von Jessys Gejammer. Sie wollte unbedingt jetzt auf die Terrasse, um Ball zu spielen.
Grrrrrr, oh nein, das am frühen Morgen und ohne Kaffee! Hund!!!

Erst wusste ich nicht so recht, was ich mit dem Tag so am frühen Morgen alleine anfangen sollte, außer mit Jessy Ball zu spielen. Also machte ich mir erst einmal einen Cappuccino und beschäftigte mich mit meinem Hund. Wie ich es mir vorgenommen hatte, frühstückte ich auf meiner Terrasse.
So habe ich dann meinen älteren Nachbarn kennengelernt, der ebenfalls auf seiner Terrasse frühstückte.
Er winkte mir zu und kam näher, begrüßte mich auf Englisch und erkundigte sich nach meinem Hund.
„Was für eine Rasse ist das?" „Wie alt ist er?" „Rüde oder Hündin?"
Ich beantwortete brav all seine Fragen so gut ich es in Englisch konnte.

Dann kam er doch tatsächlich auf die Idee, sich mit Jessy unbedingt anfreunden zu wollen.
Mit einem Rottweiler, ohne ihn zu kennen! Viel Spaß!!
Er kam auf mein gemietetes Grundstück und ging schnurstracks mit forschem Schritt auf Jessy zu. Der dänische Nachbar fand Jessy total Klasse. Nur Jessy fand ihn nicht so lecker (Übersetzung: toll), aber sie ließ sich anfangs von ihm streicheln. Als er dann aber ihren Ball nahm und mit ihr spielen wollte, fand Jessy das gar nicht MEHR LUSTIG!
Ihr Maul krümmte sich zu einem Zähne-fletschen, die Haare stellten sich zu Borsten auf und zeigte dem Nachbarn deutlich, was sie davon hielt, dass er ihren Ball weggenommen hatte.
Der Nachbar ließ sich aber davon nicht beeindrucken und nahm den Ball und schmiss ihn in Richtung seines Hauses.
Jessy machte einen Satz auf den Nachbarn zu und drohte ihm deutlich. Der wiederum übersah das Gehabe von Jessy absichtlich und freute sich tierisch! Jessy war etwas verwundert über die Reaktion und man sah auf einmal, wie sie die Stirn runzelte und laut dachte: *"Was für ein Idiot."*
Na ja, schließlich haben die beiden das unter sich ausgemacht, nicht sehr freundlich aber es leben beide noch ohne Verletzungen!
Danach hatte sich das Thema „*Nachbar*" erst einmal erledigt.

Nach meinem leckeren Frühstück, das ich nun in Ruhe beenden konnte, machte ich mich auf, um eine Wanderung von mindestens drei Stunden zu machen. Das hatte ich mir so zumindest vorgenommen!
Wisst Ihr eigentlich, wie lange drei Stunden sind, wenn man sie „erlaufen" muss?? 180 Minuten!!
Der große Unterschied liegt bei den „gefühlten" drei Stunden und der „tatsächlichen" Zeitrechnung von drei Stunden! Das sind mindestens fünfzehn gefühlte Stunden Zeitunterschied.

Als die erste Stunde am Strand vorbei war und ich schon lange nicht mehr meinen Ausgangspunkt (das gemietete Hemingway-Haus) sehen konnte, dachte ich mir: *„Das reicht jetzt eigentlich! Oder doch noch ein paar Kilometer? Sybille, das schaffst du noch!"*
So groß kann Dänemark nicht sein, dass du dich verlaufen kannst!" Aber nein, mein innerer Schweinehund wollte schon nicht mehr! *„Wo ist Deine eiserne Disziplin Sybille?"*, ermahnte ich mich!
Also lief und lief und lief ich immer weiter.
Dann erinnerte ich mich an die Ausflüge mit Werner. Wir sind immer querbeet gelaufen und hatten dabei immer viel entdeckt!
Erinnerungen können manchmal auch etwas bringen.
Also lief ich alleine querbeet an einem verwucherten Weg zu einem Haus entlang.

Die Äste von unerklärlichem Gewächs schlugen mir ins Gesicht. Sie blieben an meinen Haaren und Ohrringen hängen und ich verfluchte zum ersten Mal diesem Ausflug!
Die Befreiung der seltsamen Samen von diesem Gewächs aus meinen Haaren dauerte eine halbe Ewigkeit. Ich wollte ja nicht der fruchtbare Boden für irgendein Gewächs sein und schon gar nicht der Überbringer. Bin ja schließlich keine Biene.
Jessy aber (sie ist ja viel näher am Boden als ich) genoss es, durch die Wildnis zu wandern SICHTLICH! Ihr war es egal, ob sich an ihrem Fell etwas verfängt und sie der Träger dieser Samen ist. Als ich meinen Blick von den Samen abwendete und hochschaute, entdeckte ich ein wunderschönes Haus.
Es lag einsam und verlassen auf einem Hügel, sodass man das Meer voll und ganz von dort aus genießen konnte.

Mhhhhh sooooooooo schööön...

Die Meeresbrise streichelte meine Haut, und ich atmete tief die salzige Luft ein. (Schmalzig, gell?)
Einige Momente verharrte ich dort auf dem Hügel und dachte mir im Stillen: *„Mein Gott, ist das alles romantisch hier."*
Bevor mich die Traurigkeit überkam, lief ich lieber weiter.
Oben am Berg angekommen, kamen wir auf einen Feldweg. Prima - dachte ich.

Dieser Feldweg ging nur in die ganz andere Richtung, also weg von meinem Ausgangspunkt, und ich war, wie gesagt, doch schon eine gute oder mehrere Stunden unterwegs!!
Ich ging jedoch trotzdem auf dem Feldweg entlang, da meine Neugierde größer war, und ich mich nicht mehr auf das Fühlen der Zeit konzentrieren wollte.
So kamen wir nach etwa einem Kilometer Feldweg auf einen altertümlichen Bauernhof. Ich schätze mal, bei uns zu Hause hätten locker zwanzig Reihenhäuser auf so ein großes Grundstück gepasst.
Er war mächtig groß und machte auch einen großen Eindruck auf mich!
Haaaa, nun hatte ich wieder etwas entdeckt und das ganz alleine! Gott sei gedankt!
Als ich in den Himmel schaute, um mich zu orientieren, fiel mir auf, dass es doch ziemlich weit weg sein musste und beschloss, dann endlich Richtung Heimat zu laufen.
Orientierung ist mein fünfter Name und liegt ganz hinten auf meiner Talenttafel.
Juhu, wir sind mal wieder auf einer Landstraße angekommen, deren gegenüberliegende Seite von einer Kuhweide gesäumt war..
Jessy kam auf einmal auf die geniale, durchaus kühne Idee, Kühe zu jagen.
Auf der Kuhweide standen ungefähr fünfzehn Kühe. Jessy huschte sehr schnell durch einen Stacheldrahtzaun, um mit lautem Gebell und Freude auf die Kühe loszugehen.

Sie hatte so einen tierischen Spaß dabei, dass sie alles um sich, wirklich alles um sich, herum vergaß, inklusive meiner einer, ihrem Frauchen.
Ich schrie mir die Lunge aus der Brust: *"Jessy komm hierher"*! Aber meinen Hund juckte das überhaupt nicht.
IM GEGENTEIL!
Plötzlich hörte ich ein wildes, lautes Schnauben von der linken Seite in der Kuhweide und erschrak fast zu Tode. Ein Stier fand das alles gar nicht lustig und machte sich zu einem Kampf mit Jessy bereit.
HILFFFFFEEEEEEE!!!!!!
Jessy bekam das nicht mit und jagte fröhlich hinter den Kühen her. Die Kühe liefen voller Panik im Dreieck. Um so mehr Haken die Kühe beim Rennen machten, um so mehr Spaß hatte Jessy, sie zu jagen. Ich schrie noch lauter: *"Jessy, hier her"*, aber es hatte kein Sinn. Mein Hund hörte mich nicht!
Sie war voll im Jagdfieber!
Prima ... Der Stier lief langsam los und wurde von Schritt zu Schritt immer schneller.
Es erinnerte mich stark an die Torero-Filme, wenn die heißen, muskulösen, männlichen Matadore in der glühenden Hitze Spaniens das rote Tuch nehmen, um den Stier zu reizen.
Nur, dass ein Stierkämpfer eine Arena hat und das Ewigkeiten trainierte, bevor er sich mit einem Stier einlässt.
Der hiesige Stier kam immer näher und sogar die Kühe auf der Weide hielten Abstand zu der ganzen

Zeremonie. Wahrscheinlich wohl im Wissen, zu was der Stier fähig ist. Alle Kühe haben es kapiert - NUR MEIN HUND NICHT- sehr zu meinem Leidwesen.

Dann, endlich, nach gefühlten 50 Minuten, begriff mein Hund ebenfalls, was los war, nachdem sie dem Stier in die glutroten Augen sah (so stelle ich es mir zumindest vor, hatte aber leider keine Zeit, um in seine Augen zu sehen) und rannte um ihr Leben. Der Stier und Jessy liefen dummerweise ausgerechnet in meine Richtung. In dem Moment verfluchte ich es, einen Hund zu haben.

Total perplex über diese Situation, die man nur aus Filmen kannte, stand ich wie angewurzelt da. Endlich kam ein Impuls: *"So nicht, Sybille, tu was!"* Nichts wie los, ich nahm meine Beine in die Hände und lief. Ich hatte furchtbare Angst, der Stier könnte durch den Zaun laufen vor lauter Wut, und es war eine einsame, große, flache Gegend ohne einen schnellen, sicheren Unterschlupf, außer einem kargen Baum, der gerade mal 1,50 m hoch war! Auch wenn ich dort hoch kletterte, war es einfach zu niedrig!

Keine Sau in der Nähe, der uns hätte helfen können!

Keine Notrufsäule - nichts (gibt es das überhaupt auf dem Land?)!

Jessy überholte mich in einem Eiltempo (ich wusste nicht einmal, dass sie so schnell laufen kann).

DANN WUSSTE ICH, MEIN LEBEN IST VORBEI!

Jetzt überrennt mich der wütende, schnaubende Stier, und ich bekomme die Prügel statt mein Hund. Vor meinem inneren Auge lief der Film meines Lebens ab und ich dachte: *"Scheiße, jetzt will und kann ich noch nicht von dieser Erde gehen."*
Zur Besinnung gekommen und in diesem Leben nach hinten geschaut, sah ich, dass der Stier aber nicht über den Zaun kam, Gott sei gedankt. Entweder kennt der Stier die Folgen, wenn er in den Zaun läuft, oder er war schlauer als wir beide zusammen. Egal, Hauptsache wir sind glimpflich davon gekommen, und ich bin dem Tod davon gelaufen.
Grrrrrr.
Ich sag es ja immer, mit einem Hund wird es dir nie langweilig.
Zur Strafe musste mein Hund einen ganzen Kilometer Fuß an meiner Seite laufen. Das passte Jessy überhaupt nicht.
Aber das war nicht mein Problem, sondern ihres.

Es wurde zunehmend wärmer und auch mir wurde sehr warm. Alleine schon durch diesen Kurzsprint als Matador.

Meine Gesichtsmaske (Antifalten), die ich zuvor aufgetragen und dummerweise vergessen hatte abzuwaschen, bevor ich loslief, um auch ein bisschen erholt auszusehen, verlief immer mehr auf meinem Gesicht. Die Brühe floss langsam Richtung Hals und Ohren.

Das war nicht wirklich angenehm und irgendwie passt Schweiß und Schönheitsmaske nicht zusammen. Was tut man nicht alles für seine Schönheit? Dumm ist nur, wenn man vergisst, dass man eine Maske aufgetragen hat und dann spazieren geht.

Es waren schon zweieinhalb Stunden, die wir nun unterwegs waren, und der Rückweg schien kein Ende zunehmen. Meine Füße und mein Rücken taten fürchterlich weh und ich merkte, dass ich nichts mehr gewohnt war. Also verlangsamte ich mein Tempo etwas.
Normalerweise laufe ich sonst immer recht zügig, außer wenn es den Berg hochgeht.
Da arbeitet die Schwerkraft zu sehr und ich möchte nicht den Naturgesetzen entgegen arbeiten, das ist mir für gewöhnlich viel zu anstrengend.
„*Reiß dich zusammen Sybille*", dachte ich mir, und lief einfach weiter. So weit konnte der Rückweg zum Haus nicht mehr sein.
Als ich endlich wieder am geliebten weißen Strand ankam, war ich doch sehr froh!
Wow, was für ein Wunder.
Ich sah *meinen* geliebten Strand!
Mein Strand, der nicht weit vom Haus weg ist! Mein Herz machte Sprünge vor Freude und vor Erschöpfung. Denn es waren mittlerweile gute drei Stunden oder sogar mehr vergangen, und ich war fix und alle!!

Nur noch fünfhundert Meter (das ist Frauenschätzung) und ich war endlich an meinem Haus angekommen. Ich schien jedoch die Einzige zu sein, die total erledigt war.
Jessy wollte nämlich noch Ball vor dem Haus spielen.
Tja, in solchen Momenten merke ich mein zartes, junges, wunderschönes Alter von 29 Jahren doch ein wenig.
Jetzt schon die ersten Altersabnutzungen?

Als ich Jessy vom Meersalz und Dreck mit dem Gartenschlauch befreit und ich mir die Gesichtsmaske abgewaschen hatte, kochte ich uns zuerst einmal was zu essen!
Total froh, endlich auf der Terrasse in einem weichen bequemen Stuhl zu sitzen und zu Essen, spürte ich auch schon die ersten Regentropfen. Es fing an zu regnen! Welch ein Frust!
Kaum im Haus angekommen, legt sich mein Hund hin und schlief, schnarchte und träumte vor sich hin und ich schrieb wieder weiter an meinem Buch. Aber dieses Mal im Wohnzimmer!
So hatte ich mir das schon auch vorgestellt, aber auf der Terrasse wäre das natürlich im Sommer schöner, wenn es nicht regnen würde.
Langsam wurde mir klar, warum das Solarium im Haus stand.

Was ich noch erzählen wollte: Ich habe meine Armbanduhr abgelegt, um auf meine innere eigene Uhr zu achten!

Ich hatte jedoch Schwierigkeiten, weil ich immer auf meine Uhr schauen wollte, um den weiteren Tag zu planen. Ohne Armbanduhr fühle ich mich total nackig. Ein absolut seltsames Gefühl. Oh je, oh je, was ist aus uns geworden mit unserem total planmäßigen Leben inklusive Technik?

Ich glaube, ich mache jetzt auch ein Nickerchen sowie meine geliebte Jessy.

Es regnete auch noch, und es war nun genug Aufregung für den Vormittag.

Mein Nickerchen ging sage und schreibe über vier Stunden. So war ich zumindest absolut gut ausgeruht. Ja, bis jetzt war das ein Erholungsurlaub vom Feinsten.

So hatte ich es mir gewünscht.

Wieder wusste ich nicht, was ich jetzt so alleine mit meinem Hund anstellen sollte.

Da überkam mich die Idee, Essen zu gehen.

Gesagt, getan, versuchte ich mich in eine menschliche Gestalt zu formen! Es gelang mir in Maßen, aber mich kannte ja eh keiner hier.

So war es egal, wie ich aussah, und auf Männerjagd wollte ich nun wirklich nicht gehen.

Mir reichten die Männergeschichten von zu Hause. Ich fuhr mit meinem Auto los und suchte das nächste Restaurant in der Nähe.

Das komische hier in Dänemark war, zumindest in der Gegend, in der ich Urlaub machte, dass es entweder Imbissbuden oder teuerste Restaurants gab, aber einen Italiener oder Griechen um die Ecke, das gab es nicht.
Ich traute mich nicht alleine ohne Partner, außer mit Jessy, ins Restaurant zu gehen und stand somit irgendwann und mal wieder vor einer Imbissbude.
Das wollte ich aber eigentlich auch nicht. Ich wollte ja einen Salat oder so etwas ähnlich Gesundes zu mir nehmen! Also nahm ich meine Courage in die Hand und in meinen Kopf und ging in ein Nobelrestaurant.
Hocherhobenen Hauptes und mit eingeredetem Selbstbewusstsein schritt ich durch die Eingangstüre des Restaurants.
Innerlich jedoch waren Ameisen am arbeiten, als wären sie kurz vor dem Ertrinken. Jessy benahm sich Gott sei gedankt, sehr nobel, als wenn sie wüsste, auf was es ankommt. Dafür habe ich sie geliebt!
Die Kellnerin kam und fragte, ob ich zu zweit wäre? Eigentlich eine typische Frage, denn wie viele Frauen gehen alleine in ein Lokal?
Ich verneinte Ihre Frage und sie lächelte mir aufmunternd zu.
Kaum dass ich saß, bekam ich mehrere SMS und es tat immer schrecklich laut, (das Signal für angekommene SMS war halt so laut gestellt) dass die

Leute, die am Nachbartisch saßen, ständig zu mir herschauten. Das störte mich nicht so sehr.
Nur eins ist mir dabei aufgefallen: Die Dänen sprechen, als hätten sie einen Frosch verschluckt und versuchen, diesen wieder raus zu würgen!
Schrecklich, dafür sind sie aber sehr freundliche Menschen.
Als ich meinen leckeren, frischen Salat mit Putenstreifen bestellt hatte, rief mich prompt Werner auf dem Handy an. Er fragte mich tatsächlich nach den auszuliefernden Autos! Obwohl er sie selbst verkauft hatte, als ich schon lange nicht mehr im Geschäft war, also lange vor meinem Urlaub in Dänemark!
Männer! Tja, da hatten wir eben noch keine Trennung gefunden, im geschäftlichen Bereich! Seufz!
Dann fragte er mich, wie es mir in Dänemark gefallen würde, und ob ich schon männlichen Anhang gefunden hätte?
Ha, Ha, Ha, was für eine Frage?
Werner bestätigt mir immer wieder, ohne dass er es wahrscheinlich bewusst gewollt hätte, dass die Trennung gut war.
Ich war ja schon ziemlich froh, dass ich immer wieder den Weg zu meinem Hemingway-Haus alleine finde! Da habe ich keinen Zeit, ein männliches Wesen, das mir auch noch gefällt, zu finden!
Ich denke, dass er nur furchtbar neugierig war. Ob das doch was mit Gefühlen zu tun hat?
Keine Ahnung …

Na ja, verstehe einer mal die Männer!

Ich hab's zehn Jahre versucht und hatte gedacht, dass ich es geschafft hätte, Pustekuchen!

Gibt es überhaupt jemanden, der Männer versteht, außer sie selbst?

Als ich unser Telefonat mit vielen Fragezeichen im Kopf beendet hatte, kam auch schon mein Essen.
Putensalat mit leckeren, gebackenen Toaststreifen.
Eine schöne Ablenkung ...
Mmhhhh lecker...

Ein wenig in die Vergangenheit zurückgekehrt mit den Gedanken, fuhr ich nach dem Essen, leicht beschwipst vom starken Wein (an den ich mich noch immer nicht gewöhnt hatte) nach Hause.
Es war kühl geworden.
Ich wollte versuchen, den Kamin zum Brennen zu bringen.
Alleine!
Eine Aufgabe, der ich früher in unserem Haus nicht gewachsen war. Na ja, Zeiten ändern sich und Menschen auch.
„Ich schaffe das", dachte ich mir mit ein wenig Zweifel über meine eigene Zuversicht!
Ich stapelte das Holz zu einem Wunderwerk, das jeden Architekt neidisch gemacht hätte, auf und schmiss zur Sicherheit mehrere Anzünder in den Kamin.

Ich setzte mich im Schneidersitz davor, um auch ja gleich wieder einen neuen Anzünder ins Feuer zu schmeißen!
Glaube versetzt doch Berge. Der Glaube an mich brachte das Feuer zum Brennen!

„Mein Gott, bin ich eine tolle Frau", dachte ich mir im Stillen und gönnte mir als Belohnung noch ein Glas Wein. Anzünder hatte ich zu diesem Zeitpunkt leider keine mehr.
So saß ich, mit mir, dem Feuer und der Welt zufrieden, vorm offenem Kamin und träumte von der großen Liebe.
Da merkt man erst, wenn die Romantik einen schier erschlägt, wie einsam man eigentlich ist!
Ein wenig traurig über meine Situation, verwöhnte ich meinen Hund mit Streicheleinheiten. Um Mitternacht ging ich dann, durch die wohlige Wärme ermüdet, in mein Bett.
Ich schlief sehr schnell ein, mit einem Lächeln auf dem Gesicht und der Hoffnung an das Gute im Leben.
Morgen war ja auch noch ein Tag!

Der dritte Tag

Ich glaube, ich habe viel Mist geträumt, denn mein Bett sah am Morgen etwas zerwühlt aus! Das Laken, das auf der Matratze liegen sollte, war außerhalb des Bettes, und das Laken, das als Bettbezug dienen sollte (ich verwechselte ja Bettbezug mit Laken zu Hause), war im ersten Moment nicht aufzufinden. Also sortierte ich mein Bett und mich zuerst einmal.
Als ich aus dem Fenster schaute, dachte ich mir, „Eigentlich kannst du liegen bleiben. Das Wetter ist heute schlechter, als an den vorangehenden Tagen."
Langsam wird mir noch klarer, warum die Dänen in den MIETSHÄUSERN SOLARIEN haben!
Es stürmt und ist bewölkt, schätzungsweise vielleicht 15° Außentemperatur. Eigentlich genau das Wetter, um mich auf mein Buch zu konzentrieren. Zuerst einmal frühstückte ich in aller Ruhe.
Dann ging ich mit Jessy los, um mal wieder eine Erkundungstour in diesem wundervollen, kalten Land zu machen.

Heute lief ich genau in die andere Richtung als gestern. Ich wollte mich auch nicht unbedingt noch einmal mit dem Stier einlassen. Vielleicht hatte ich ja von einem Stierkampf heute Nacht geträumt, das würde das zerwühlte Bett erklären.

Wir schlenderten ungefähr zwei Stunden, die ohne große Zwischenfälle verliefen. Es schien ein ruhiger Tag zu werden. Ich musste beim Gassi gehen meine Mütze aufsetzen, weil es so stark windete.
Das Meer trieb viele Fundsachen an Land und ganz viel Treibholz, die jede Phantasie zum Glühen bringen. In den verschiedensten Formen, Größen und Materialien.
Das Wasser war sehr aufgebracht und zischte uns zeitweise auch unfreundlich an!
Draußen war es kalt, nass und ungemütlich. Nichts wie nach Hause!
Zu Hause angekommen, machte ich mir gleich einen warmen Cappuccino und versuchte, den Kamin genauso erfolgreich anzuzünden wie am Vortag.
Aber ganz so reibungslos verlief das dieses Mal nicht! Holz aufgelegt und viel Papier hineingetan, dann ein bisschen pusten und die Asche im ganzen Wohnzimmer verteilen..., dann erst brannte auch diesmal mein Feuer.
Danach habe ich aber doch zuerst die Wohnung gesaugt und von der Asche befreit, die sich überall verteilt und wie ein schwarzer Teppich über den Boden gelegt hatte.
Manchmal muss man Opfer bringen, um ans Ziel zu kommen.
Jessy bekam ihr Fressen und ich meinen Cappuccino mit leckeren, süßen, absolut gut schmeckenden Vanillekipferl als Belohnung.

So saß ich und schrieb an meinen Buch, und das Feuer brannte. Was für ein ein Wunder. JUHU.
Zwischendurch musste ich doch mal die Terrassentür öffnen, weil es viel zu heiß wurde, (geschätzte 50°!) Aber Feuer im Kamin zu haben ist so schön, da ist es unwichtig, welche Temperatur man im Raum hat. Schließlich kann man sich ja auch die Kleidung ausziehen.
Ansonsten waren wir zwei im Moment glücklich und zufrieden.
Jessy schlief neben mir auf dem Boden und ich wollte ebenfalls ein Mittagsschläfchen halten, denn es war jetzt auch schon wieder 12.30 Uhr. Ein Hungergefühl für Mittagessen hatte ich nicht. So wollte ich es doch besser ausfallen lassen, ist ja auch gut für die Figur, und ich wollte doch schön und erholt aus dem Urlaub nach Hause kommen.

Nach meinen zweistündigen Mittagsschläfchen machte ich mich auf, um meine Dokumentation über die Besiegung meines inneren Schweinehundes und über Dänemark ein wenig zu vergrößern.

Draußen wütete wieder ein ziemlicher Sturm, aber ich saß zum Glück im trockenen sturmfreien Auto. Von hier aus bekam ich wirklich schöne Häuser vor die Linse meiner Kamera.
Es war auch ungemein bequemer im Auto zu sitzen, als alles zu Fuß zu erkunden. Ich sah große Anwesen mit Schilfdächern, die wie aus einer

anderen Zeit aussahen. Windräder und Schilfgras sind das Kennzeichen dieser Umgebung.
Anschließend machte ich unser „Gassi" zu Fuß mit Jessy, aber es verlief, so wie ich heute Morgen schon dachte, recht ruhig.
Wir genossen den Anblick der Gegend und die Ruhe, niemanden zu treffen. Ganz alleine in kilometerweiter Landschaft und Natur.
Nach einem halbstündigen *Wellen anschauen*, ging ich ein wenig erfroren nach Hause und sehnte mich nach meinem warmen Kamin. Die Sache mit dem Feuermachen klappte richtig gut mittlerweile.
Das Feuer brannte und im Haus wurde es auch langsam wärmer. Der Sturm, der den ganzen Tag schon wütete, wurde zunehmend stärker. Meiner Meinung nach war es fast schon ein Orkan. Ich habe zwar noch keinen Orkan erlebt, aber nach meinem Gefühl war es einer. Dabei machte ich mir ein wenig Gedanken, ob ein Baum umstürzen und auf mein Auto fallen könnte? Mein geliebtes Auto! Das Haus weg fliegen könnte? So fest war es schließlich nicht gebaut! War ich hier wirklich sicher? Aber ändern konnte ich im Moment nichts.
Also Augen zu und durch.

Übrigens ist es hier abends noch sehr lange hell, die Sonne scheint in Dänemark nie unterzugehen oder zumindest um einige Stunden später als bei uns in Deutschland. Das fiel mir nun zum ersten Mal richtig auf. Interessant, nicht wahr? Ich war ungefähr vierhundert Kilometer von Hamburg entfernt, aber hier war es wesentlich länger heller als in Hamburg.

Na ja, so gegen 23.30 Uhr wollte ich ins Bett gehen, aber der Sturm wurde so stark, dass die Nachbarn um mich herum Vorbereitungen gegen den Sturm trafen.
Mir half mein Nachbar (der, der sich mit Jessy anlegt hatte) freundlicherweise, den Sonnenschirm umzulegen und einzuklappen, weil ich eher mit samt dem Schirm Richtung Meer geflogen wäre, als ihn zusammenzuklappen.
Ich räumte alle Dinge ins Haus, die der Sturm hätte wegwehen können.
Es war eine seltsame Stimmung in der Luft, niemand wusste, was auf uns zukam. Meine größte Angst war, dass das Haus einfach umkippte oder der Sturm es wegwehen könnte.
Es heulte in allen Ecken. Der Wind kann wirklich seltsame Geräusche machen.
Das Meer schien drohend auf uns zuzukommen.
Die Wellen zischten warnend an den Strand.
Die Bäume beugten sich gefährlich in eine Richtung, es war, als ob sie schreien wollten.
Ich lag im Bett und hatte einfach nur pure Angst.

Irgendwann schlief ich dann vor Erschöpfung ein und war froh als ich am nächsten Morgen wieder le-

bendig aufwachte. Wieder einmal konnte ich dem Tod nur knapp entrinnen.
Es scheint, als sei meine Zeit noch nicht gekommen!

Der vierte Tag

Der Sturm hatte etwas nach gelassen, aber es windete immer noch sehr stark. Die Geräusche des Windes waren immer noch sehr ächzend und laut.

Nach meinem Frühstück im Wohnzimmer, es war zu kalt und zu windig auf der Terrasse, machte ich mich auf, um mit Jessy Gassi zu gehen. Sie musste ja raus in die Natur. Lust hatte ich bei diesem Wind nicht. Wieder einmal wurde mir bewusst, was ich für meinen Hund alles tat.

Die Sonne schien zwar, im Gegensatz zu gestern, aber es war nicht angenehm.
Mit Kapuzenjacke gerüstet lief ich, total eingemummelt, los.
Es ging ein eiskalter Wind. Ohne den Wind wäre es herrlich warm gewesen.
Ich lief am Strand entlang und sah die weitere Verwüstung des Sturmes. Es hatte noch viel mehr als den Tag zuvor alles Mögliche heran geschwemmt.
Vor allem aber viele Algen und riesengroße Quallen.
Ich lief im schnellen Marsch am Strand entlang.
Strandlaufen ist wahnsinnig anstrengend.
Der feine Sand kostet viel Kraft beim Laufen.
Die Sonne kam immer wieder sehr stark zum Vorschein und ich kam somit automatisch ins Schwitzen.

Kaum, dass ich meine Jacke auszog, verschwand die Sonne und der kalte Wind preschte mir ins Gesicht und an meinen Körper.
Als ich die Jacke wieder angezogen hatte, kam die Sonne zum Vorschein und ich schwitzte wieder.
Jacke aus, Sonne verschwand und der Winde peitschte mir entgegen. Jacke an, Sonne kam raus und Wind wurde weniger.
So ging das Spiel mehrere Male bis ich aufgab und die Jacke anließ;wenn die Sonne kam, schwitzte ich halt. Die Sonne gewann dieses Spiel und grinste sich einen, so sah es zumindest aus.

Zu meinem Erstaunen gab es mehrere Nacktbader. Also, ich meine Menschen, die keine Kleidung anhaben, obwohl *es so kalt war*. Entweder sind die Dänen mehr gewohnt als ich oder die spinnen ganz einfach.
Jessy beschnüffelte alle, auch die Nacktbader.
Fkk`ler halt. So kam ich wenigstens auch auf meine Kosten und konnte die männlichen Dänen mal genauer unter die Lupe nehmen , hihihihi.
Das beste Stück der Dänen ist auch nicht größer oder kleiner als die der Deutschen, Italiener, Spanier ,Türken, Ägypter, Griechen oder Männer anderer Kulturen oder durch die Kälte verkleinerte sich einiges, grins!
Kann ja auch sein!!!
Nicht, dass ich mit allen Kulturen Erfahrungen habe, gesehen habe ich jedoch viele nackte Männer.

Sauna macht es möglich, grins!

Auf dem Rückweg versuchte ich mich als Schiffskapitänin und suchte nach der Sturmwarnung am Strand! Ich hatte das Schild entdeckt, es war wirklich noch große Sturmwarnung angesagt. Ich entdeckte aber auch kein Schiff auf dem ganzen Meer. KLAR! Bei Sturmwarnung!

Total verschwitzt und an den Ohren verfroren war ich nach zwei Stunden doch glücklich, endlich am Haus angekommen zu sein.
Ich machte mir ein Müsli und Jessys Fressen, und ging dann ein wenig erschöpft ins Bett, um mein Mittagsschläfchen zu machen.
Witzig, zu Hause mache ich nie ein Mittagsschläfchen, nur hier in Dänemark war es schon fast ein Ritual geworden.
Es passierte nicht mehr viel, denn das Wetter spielte nicht mit.

So beschloss ich, Einkaufen zu gehen. Vielleicht auch Essen gehen, schicke Restaurants gab es ja auch noch.
Je nachdem, was es hier in den Supermärkten so an leckeren Angeboten so gibt.

Einfach mal die Augen auf und Los ins wahre Leben. Dort gibt es doch immer was zu entdecken, nicht wahr?

Der fünfte Tag

LAAAAAAAAAAAAAAAAAANGSAM ist meine Geduld doch zu Ende!
Der Morgen fing noch gut an. Ich wachte heute Morgen auf und die Sonne schien.
Glücklich, einmal Sonnenbaden gehen zu können, ging ich, etwas leichter bekleidet (lange Hose, T-Shirt, Pulli aber ohne Jacke) als in den letzten Tagen, los zum Gassi gehen. Die Vorfreude auf ein Nickerchen am Strand war groß.
Genauso groß wie die Enttäuschung, als ich nach einer Stunde wieder am Haus war.
Unterwegs, bis ich ein passendes Plätzchen für ein Nickerchen gefunden habe, fing es an zu regnen.
KLAAAAAASSEEEEEEEEE!!!
Na ja, dafür erhielt ich eine gute Nachricht auf meinem Handy von zu Hause.
Mein heimlicher Schwarm (nur so ein indirekter Schwarm, eigentlich auch keiner, aber irgendwas hat er, na ja, nennen wir in Schwarm) hatte sich mit einem meiner Bekannten getroffen und sich nach mir erkundigt. Ich dachte, ich hätte keine Chance bei ihm, deshalb habe ich mir auch nicht weiter Gedanken über ihn gemacht. Aber das Gedanken machen lohnte sich ja jetzt wieder.
Juhu! Wenigstens etwas, auf das ich mich ganz arg freuen konnte, wenn ich wieder zu Hause war.

Wegen des bisher schlechten Wetters machte ich einen Sonnentanz zum lieben Gott und sang ihm ein Lied, in der Hoffnung, er würde mir Sonne schenken. Jessy wusste zwar nicht, was das sollte, machte aber voll Begeisterung mit.
Hoffentlich kommen die Nachbarn nicht auf die Idee, die Nervenanstalt zu rufen!!
Ich versuchte zuerst leise meinen Frust über das Wetter raus zu singen.
Das leise Singe brachte aber nichts, das Wetter änderte sich nicht. Also wurde mein Singen immer mutiger und lauter. Als das immer noch nichts half, wurde ich noch lauter und lauter. Es machte mir mittlerweile soviel Spaß, dass ich mit Singen und Tanzen in eine Art Trancezustand kam und die Umwelt um mich herum nicht mehr mitbekam.
Jessy schien es genauso viel Spaß zu machen wie mir. Sie fing an zu heulen wie Wolf. Es war wie ein Orchester von Zweien, die nicht singen konnten, aber das mit einem Heidenspaß.
Bis einer der Nachbarn auf mein gemietetes Grundstück kam und uns total verblüfft zuschaute und schließlich fragte, ob er mir helfen könne und ob alles okay sei.
PEINLICH!
Ich tat so, als würde ich Übungen für einen überaus talentierten Hund machen, für eine Show bei uns zu Hause. *„Wir trainieren"* sagte ich ihm auf Englisch total überzeugend und mit großer Selbstverständlichkeit im Ton.

Er schaute mich mit einem Grinsen an, das soviel heißt wie „ *Die hat nicht mehr alle Tassen im Schrank"* drehte sich um und ging.
Total peinlich berührt, schlich ich mich lieber davon und beschloss, mir weit weg von hier ein Restaurant zu suchen, um richtig Geld aus zugeben, statt einen Sonnentanz zu machen.
Einen Frustkauf konnte ich hier nicht machen (ich hatte noch keinen einzigen Einkaufsladen mit Kleidern oder Schnickschnack gesehen), also los zum Frustessen.
Was ich dann auch gefunden habe.
Geld ausgeben ist immer gut für die Seele und lässt schnell Peinlichkeiten vergessen, das hat bisher immer funktioniert.
Als ich mit Jessy in das perfekte Frustessen-Luxus Restaurant hinein ging, war Stille. Ich meine ABSOLUTE STILLE!
Also keine Geräusche, nicht mal ein Husten, Kruschteln (Übersetzung: Rascheln), Lachen, Reden, Gläserklirren, nichts! Keiner der Gäste sprach mehr, alle schauten zu mir rüber.
Ich kam mir vor wie eine Außerirdische auf Erdenbesuch.
Als ich bei dem Kellner versuchte, meine Bestellung aufzugeben, denn es stand alles in dänischer Sprache auf der Speisekarte, waren wieder alle anderen Gäste des Restaurants ruhig.
Es war eine Situation, der ich *fast* nicht psychisch gewachsen war, aber auch nur FAST.

Denn so im Rampenlicht, ich, eine deutsche, hübsche, junge Frau mit Rottweiler Hund, war dort wohl so nicht üblich.

Nach dem ersten Glas Wein nahm ich die Sache schon leichter. Nach dem zweiten Glas fiel es mir noch leichter. Das dritte gab mir dann das Gefühl – ich bin klasse!

Als der Mut zu mir zurückkam und ich mich immer besser fühlte, fragte ich eine Frau am Nachbartisch, ob Sie mich wohl fotografieren könnte. Sie lächelte mich an und fotografierte mich. Ich kam mir vor wie meine Freundin Iris, die Model ist, weil just in diesem Moment wieder das ganz Lokal zu mir schaute!

Mein Essen kam und ich genoss das leckere Essen. Dass ich im Mittelpunkt war, genoss ich genauso wie den Wein. Hicks.

Um Punkt 21 Uhr leerte sich das Lokal komplett. Nur Jessy und ich waren noch dort.

Das ging mir nun jetzt schon das zweite Mal so.

Es ist in diesem Land nicht Sitte, nach 21 Uhr unterwegs zu sein, auch nicht zum Essen in einem Lokal.

So war ich wiedermal die Letzte, die das Lokal verließ.

DAS MACHTE MIR ABER GAR NICHTS AUS!

Das bin ich ja aus Deutschland auch schon gewöhnt, dass ich immer unter den letzten Gästen war.

So fuhr ich, wieder mal, mit einem leichten Schwips (habe mich nur noch nicht an diesen starken Wein gewöhnt) nach Hause und zündete mir den Kamin an.
Das Papier ging nun auch schon langsam zur Neige.

Der sechste Tag

Ein Wunder geschah, endlich schien die Sonne!

„Nichts wie raus aus den Federn und los zum Strandspaziergang", dachte ich mir, bevor die Sonne wieder verschwindet, genauso wie meine Laune. Gesagt, getan, los ging es.
Sonne getankt, den bekannten Weg genommen und viel Spaß mit Jessy gehabt. Gassi gehen bei Sonnenschein ist einfach nur SCHÖN!

Nach dem Spaziergang nahm ich mein Handtuch und ging runter zum Strand, um mich zu sonnen. Das hielt ich genau eine halbe Stunde aus, weil Tausendmillionen oder Billionen, oh Gott, jedenfalls nicht zählbare Sandflöhe über mich herfielen.
Es juckte fürchterlich, Jessy und ich kratzten uns vom Kopf bis Fuß.
Iihgiiiitttt, so etwas kannte ich nicht und wollte es auch nicht kennenlernen.
Den Gartenschlauch genommen und Jessy mit Wasser abgespült, ging es ihr schon viel besser. Ich ging schnell unter die Dusche, um alle zigtausende Sandflöhe in den Wasserkanal zu befördern.
Gereinigt und befreit ging ich hinter das Haus und legte mich ins Gras, um mich endlich in aller Ruhe zu sonnen. In der Hoffnung, dass die Sandflöhe nicht so weit liefen, um auch im Gras Menschen zu

ärgern. Ich hatte keine Ahnung, wie weit die springen, laufen oder krabbeln können.
Hatte ich schon mal eine Doku gesehen über Sandflöhe? Nein, ich glaube nicht.

Das war gut, nichts störte mich! Ich konnte mich nun meiner Urlaubslektüre , „Der Gugelhupf und der Mörder" ,voll und ganz widmen.
Ich hatte fast mein ganzes Buch „Der Gugelhupf …." gelesen, als mir wirklich heiß wurde von der Sonne, aber Lesen tat gut.
So beschloss ich, im Schatten auf der Terrasse weiter zu machen.
Legte dann ganz genüsslich noch ein Mittagsschläfchen drauf und ging gegen später los zum Abendessen.
Diesmal war es ein kleines Fischlokal am Strand.
Das Essen war mittelmäßig, sowie der Preis und die Bedienungen. Na ja, satt hatte es auch nicht unbedingt gemacht, aber es gibt ja zum Glück noch diese Imbissbuden.
Jessy und ich teilten uns an einer Imbissbude dann noch einen Hotdog und ein Eis, so gingen wir zufrieden zu unserem Kamin in das Hemingway-Haus.

Alles in allem einer fauler Tag, aber der war so was von nötig.

Der siebte Tag

An diesem Morgen überkam mich der totale Frust.
Es war wieder einmal schlechtes Wetter.
Es stürmte und die Temperaturen lagen vielleicht bei 14 Grad Celsius.
Das ist fast wie bei uns in Deutschland!

Nach dem Gassi gehen fing es auch mal wieder an zu regnen.
Mmmpffff, schon wieder!

Also beschloss ich, einen Tag früher nach Hause zu fahren. Ich hatte einfach keine Lust mehr auf Stürme, Regen, Kälte und Sandflöhe.
In Deutschland, meinem Heimatland, war nämlich Sonnenschein und schönes Wetter, laut Wetterbericht. Wehe der Wetterbericht stimmte nicht!

Also fing ich an, alles zusammen zu packen und fuhr nach Hause.

Ich nahm mir vor, so weit wie möglich zu fahren.
Wenn ich je keine Lust mehr haben sollte, halte ich an in irgendeinem Ort und such mir eine Übernachtungsmöglichkeit.
Mal schauen, wie weit mich meine Lust treibt, und ich nicht am Steuer vor lauter Müdigkeit einschlafe oder die Autofahrer wegen ihres Nichtkönnens des Autofahren, beleidige.

Noch mehr graue Haare möchte ich wegen meiner Mitmenschen, die das Gaspedal nicht finden und auf der rechten Spur kleben, nicht bekommen. Wissen die Autofahrer eigentlich, dass wir Rechtsfahrgebot haben?
Ich glaube nicht...... Na ja. Gehen wir mal vom Positiven aus und rechnen mit lauter schlauen, intelligenten, mitdenkenden Autofahrern.

Aber zumindest habe ich in meinem Dänemark Urlaub mein Tagebuch fertig geschrieben und mein Werk ein wenig weiter gebracht.
So wollte ich es ja auch. Ich bin sehr stolz auf mich!!

So endet mein HEMINGWAY URLAUB in Dänemark vorzeitig, wegen schlechtem Wetter!

Nicht sehr romantisch! Aber praktisch!

Mit meinen Gefühlen bin ich nur ein kleines Stückchen weiter gekommen, aber das geht ja auch nicht auf die Schnelle. Zumindest war ich gestärkt in der Meinung, mein Arbeitsverhältnis bei der Firma Schraubdichschlau zu beenden.

Dass ich irgendwie nicht alleine sein kann, also ich meine „ohne Mann", ist mir auch klar geworden.
Was für ein Mann das sein soll, entscheidet mein Herz und nicht mein Verstand.
Also doch ein gutes Stück weiter!!!
Ich bin halt eine tolle Frau.

9. Kapitel

♀♀♂♀

Eigener Chefe

Zu Hause angekommen, ging der Alltag ganz schnell wieder los, ohne mich zu fragen.
Schnell kamen die Aufgaben des natürlichen Alltags-Wahnsinns und überschwemmten mich mit der Geschwindigkeit eines Tsunamis.

Ich widmete mich voll und ganz meinen Aufgaben, und nebenbei sah ich mir die Stellenanzeigen an.
Ich wollte jetzt unbedingt nicht mehr für und mit Werner arbeiten und mich beruflich neu orientieren. Es wurde Zeit!
NUR WAS?

Da ich als Geschäftsführerin arbeitete und ich mich nicht abstufen wollte, war die Auswahl an beruflichen Ausschreibungen doch ein wenig geringer, als ich dachte!
Na gut, aber davon ließ ich mich ja nicht unterbringen.
NEIN, DAS IST EINE HERAUSFORDERUNG für mich!
Gesagt, getan......

So vergingen nicht nur ein paar Tage, nein, es wurden daraus ein paar Wochen ...
Nichts! Nichts! Nichts!

Kein Job der mir gefallen hätte bzw. meiner Gehaltsvorstellung nahe kam.
Also, dachte ich, mache ich mich selbstständig.
Nur mit was?
Talente hatte ich viele, aber was kann man zu Geld machen und mit was kann man Geld verdienen?
Vor allem als Neustarterin?
Sofort davon leben zu können?
Das ist wirklich eine Herausforderung!
Zuerst überlegt ich mir, Weddingplanerin zu werden (Übersetzung: Hochzeitsplaner), dann Vermittler von Autos (damit kenne ich mich ja schließlich ganz gut aus), dann Hundesitting, oder Versicherungsmaklerin (Verkaufen ist meine Spezialität), usw..…
Nein, das war alles nicht so prickelnd.
Wo bekomme ich meine Kunden her?
Werbung machen ohne Geld ist auch nicht einfach!
Das geht nicht!
Aber was geht?
Ping...... Dann kam mir die Idee schlichtweg!
Ich mache einen Büroservice auf und frage alle meine Händlerkollegen, ob sie mich brauchen!
Keine Werbung, sofort Verdienst, und das Wichtigste: Ich konnte sofort bei Werner kündigen

und war damit weg von der Vergangenheit und konnte ganz neu anfangen. Jippiieeee!!
Ja genau, ganz neu anfangen.
Das fühlte sich sehr gut an!

Und wieder: Gesagt, getan, ich ging aufs Amt und meldete meinen Büroservice an.
Ich fragte alle meine Kollegen, ob sie mich als Büroexpertin brauchen können. Manche davon waren begeistert, andere sagten: *„Ne, du kennst ja Werner und ich möchte nicht, dass irgendjemand weiß, wie meine Buchhaltung aussieht. Geschweige denn weiß, was ich für einen Umsatz habe!"*
„Man", waren die eitel.
Ich konnte ihnen noch so schwören, dass alles bei mir bleibt und ich absolute Verschwiegenheit als meine Ehre ansehe, aber das wollten sie nicht hören! Sie wollten es einfach nicht hören und ernst nehmen. MÄNNER!

Eine Frau ein Wort, aber ein Mann ein Wörterbuch!

Das sollten sie doch wissen. Ich dachte nur: *„Herr schmeiß Hirn vom Himmel"* und lass sie einfach nur sagen: *„Ja Sybille, bitte komm und mach mein Büro. Dich will ich haben, denn du bist die Beste und weißt ja genau, wie es im Autohandel läuft!"*
Das passierte leider nicht! Shit!
Ich fand, dass meine Kenntnisse und meine Talente einfach nicht berücksichtigt wurden, sondern schlichtweg umgangen!

Welch eine ungerechte Welt!
ABER NICHT MIT MIR!

Werner hatte inzwischen die schriftliche Kündigung von mir bekommen und man sah ganz deutlich in seinem Gesicht, dass er auf der einen Seite ganz froh war und auf der anderen Seite traurig!
Na ja, ich war ja diejenige, die alles von ihm wusste, so eine Art Vertraute.
Aber ich war einfach nur froh, dass ich gekündigt hatte und überging jeden Kommentar von ihm und jeden Gesichtsausdruck, den er an den Tag legte.

Nun fing ich an, alles vorzubereiten, aufzuräumen und zu sortieren, sodass ich ein sauberes Büro hinterließ.
Nebenbei fragte ich in kleinen Unternehmen an, ob Sie nicht eine Hilfe brauchten für ihr Büro.
So vergingen circa vier Wochen, bis schließlich und endlich der Abschied aus der Firma Schraubdichschlau kam und ich für alle Mitarbeiter eine Abschiedsfeier organisierte.
Aber eigentlich nur für mich! Ich wollte einen sauberen Schlussstrich.
So, wie wenn man auf einmal keine lange Hose mehr anziehen möchte und die Hosenbeine abschneidet, sodass es eine kurze Hose wird. Blöder Vergleich, aber ein anderer fiel mir nicht ein.
Genauso sah ich es mit der Arbeit bei Werner.
Ich wollte meine Beine zeigen und loslegen!

Die Abschiedsfeier war wunderschön, es gab reichlich zu Essen und reichlich zu Trinken.
Allerdings vertrage ich auf einmal keinen deutschen Wein mehr. Komisch!
Ich hatte zwei (oder waren es doch mehr?) Gläser getrunken und wankte etwas, hicks.
Also, irgendwas stimmt mit meinem Alkoholgenuss nicht mehr seit meinem Urlaub in Dänemark.
Egal, er schmeckte lecker.

Wir hatten noch ein paar Bilder geschossen zur Erinnerung und alle wünschten mir Glück.

Eine Woche Urlaub gönnte ich mir als frische Selbstständige, um mit vollem Elan loslegen zu können.
Immerhin wartete eine große Herausforderung auf mich:

DIE SELBSTSTÄNDIGKEIT
Ich war nun mein **EIGENER „CHEFE"**!

Ich hatte eine kleine Firma in unserer Gegend als neuen Auftraggeber bekommen *und war stolz drauf.*
Der Chef schien ganz nett zu sein.
Aber noch netter war sein Angestellter, ein Handwerker!
Seine Po-Muskeln sah man durch die engen Jeans, genauso wie die Wölbung am Reißverschluss, der sich, so schien es, nicht verschlossen zu halten vermochte.

Mmmh ... diese Aussicht machte wirklich Spaß.
Der Handwerker hieß Jens.

Ich schien ebenfalls sein Interesse geweckt zu haben, denn er suchte immer mehr und mehr Kontakt zu mir. Ein Blick hier, ein Wort dort, ein Blick hier, und ein Wort dort, ein Blick hier ein Wort dort und so ging es die ganze Zeit!
Mir fiel es immer schwieriger, mich auf meine Aufgabe im Büro dort in der Firma zu konzentrieren!
Mhmppfff..........
Warum bringen mich gutaussehende Männer immer so leicht aus der Fassung?
Jens hatte jedes Mal ein Problem mit dem Reißverschluss seiner Jeans, wenn er mich ansah!
Der war kurz vorm Platzen und ich hatte dann wiederum ein Problem, weil meine Phantasie mit mir durchging!
JESUS! Was für nette Probleme.
Dies ging ungefähr zwei Wochen so, und dann schnappte ich mir Jens nach Feierabend und wir probierten sämtliche Stellungen in seinem VW Bus aus, die wir kannten..... MÄDELS, DAS WAR HEISS!
Jens hielt, was sein Körper versprochen hatte. Da ich aber ein wenig aus der Übung war, spürte ich meinen Körper am nächsten Tag, als hätte ich einen 15 stündigen Ausritt mit einem breiten, überfressenen Pferd hinter mir.
Meine Innenschenkel hatten Muskelkater ohne Ende! Bei jedem Schritt wurde ich jedoch an die

schönen Stunden im VW Bus erinnert, mhhhhh lecker!

Mal sehen, was ich noch für tolle Auftraggeber bekomme. Vielleicht ist ja jedes Mal ein Leckerhappen (Übersetzung: toller Mann) mit dabei.

Denn JETZT kann ICH endlich aussuchen, bei wem oder was ich arbeite! Keine Vorschriften, keine Regeln und keine Fremdbestimmung mehr! JUHUUUUUU, geschafft!

So kann die Selbständigkeit und das Leben als eigener „Chefe" ruhig weiter gehen.

Glossar
♀♀♀♀

Piccolo, der Inbegriff für spritzig, leicht und gute Laune.
Diese Kurzgeschichte ist ein Piccolo, die zudem noch das Adjektiv fluffig verdient.

Frida, die Autorin, lässt uns an einem Stück ihrer Phantasie teilhaben und führt uns durch den ganz normalen „Wahnsinn" des Alltages.
Als Autoverkäuferin, Beziehungspartner, Hundebesitzer, Bauherr, Single und vieles mehr, beschreibt sie in lustiger Art und Weise, Zeitabschnitte eines Lebens.

Es gelingt ihr sehr gut, dass der Leser sich in vielen Situationen wiedererkennt.

Der sehr humorvolle Stil, die Einfachheit der Sprache und Redewendungen machen das Lesen zu einem Vergnügen.

Schade, dass es ein Piccolo ist.
Michael W.